李季 整理

顺天游

广西师范大学出版社
·桂林·

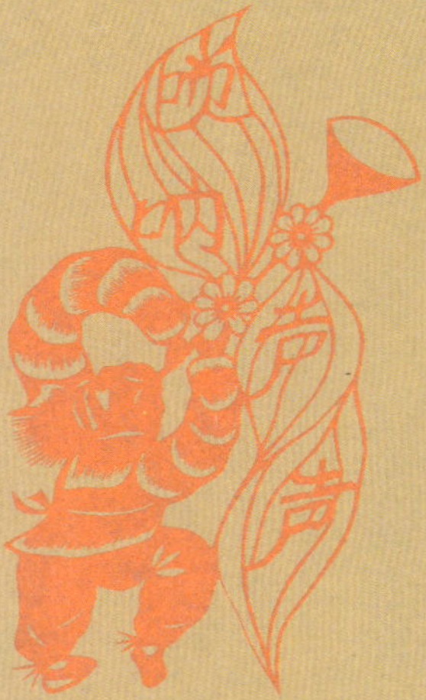

辑者小序[1]

李 季

"顺天游"是陕北、晋绥、内蒙古一带主要的民歌形式之一种,这是一种形式最简单的诗。由于它的形式自由生动,适于表达、传述人民的生活及情感,故此,生活在这里的农民不仅是它的歌唱者和传播者,同时也是它的创作者。他们把自己的心绪和生活遭遇创作成新的"顺天游"。"顺天游,不断头,两句一回头"——这是一支永远唱不完的歌,这是一脉永远流不尽的泉流。

辑者有幸在"顺天游"的故乡之一——陕北三边工作和生活。工作之余(有时也是为了工作),从农民歌手、

---

[1] 这是李季为1950年出版的《顺天游》(两千首)所写的序言。

放羊老汉、农村妇女、农民出身的区乡干部那里,收集了几千首"顺天游"。这些"处于萌芽状态的文艺"深深地打动着我。

把这些被誉为"新诗经"的"顺天游"编选辑录整理出版,以作为文艺工作者的研究资料,这不仅是许多朋友多次表示过的希望,也是自己多年的心愿。

由于过去曾长期处在战争环境,印刷条件困难,辑者不得不把它和自己的行李一起打在背包里,带着它走过了数不清的高山大河。在一次急行军中,辑者因重病无法全部携带,寄存了千余首在老百姓家中,被胡、马匪军一把火焚毁;不然,读者在这本民歌集中,当可读到更多更美丽的、人民所创作的诗句。

今天,苦难而又幸福,勇敢而又勤劳的陕北三边人民终于熬过了漫漫长夜;辑者多年的愿望也终于得以实现。

虽然辑者花费了很大的气力,但一定会有记录的错误和次序先后排列的不当。这些,敬希读者予以帮助和指正。

1950 年 5 月于武汉

目 录

引 言

    好地方还数咱老三边　李江树 / 1

第一辑　千年的顺天游黄土地里埋 / 153

第二辑　你把你的白脸脸调过来 / 261

第三辑　树叶叶落在树根底 / 295

第四辑　千里的雷声万里的闪 / 329

第五辑　向几位乡间民歌手学的民歌 / 351

  婆婆不叫看我的娘 / 353

  打镇靖城 / 357

  四季生产歌 / 359

  反对信巫神歌 / 363

父子揽工（节选）/ 367

附　录

顺天游曲谱选 / 371

后　记 / 373

引 言

好地方还数咱老三边

李江树

山塌路断石头烂,死活忘不了那一年。

——陕北民歌

一

发源于伏牛山系的赵河与潘河汇成唐河。唐河水自北向南经唐河、新野、湖北襄樊(现襄阳)入汉江。明末,一姓祁名仪的人在唐河东岸的小镇上住下并开了个小饭馆,祁仪镇由此得名。

老李家的先祖早年间是从山西过来的。李季出生前,父亲李克明、叔叔李克中在距祁仪镇东南十二里的一块岗坡上种地48亩。此处很早曾有个叫"孙而不义"的小村,因这一带的岗坡石多土少,地太薄,住户纷纷迁走,很多年都寂寂无人。李家兄弟来此耕种后也仅有老李家一户,故被称作"李家小庄"。

李家小庄在桐柏山脚下。桐柏山生长着又高又密的榆树、槐树、柳树、楝树,不定什么时候林子里就钻出些土匪,十几人几十人甚至上百人,抢东西拉票杀人。地薄加上匪患,1919年,兄弟俩将树砍了,门摘了,农具卖了,准备把家搬到桐柏山余脉西麓豫鄂两省交界处的祁仪镇。

李家小庄的地好不容易才找到一户肯代耕的,对方的条件是要先给买条牛。李克明与弟弟一合计,买牛就买牛,说啥也不能再守这块老娘土了。

李季1922年8月18日生在祁仪镇。他排行老四,有两哥一姐。李克明给这个老生子起名李振鹏。振鹏打出生就闹病,总也不好,镇上很多人见这孩子都说怕是不行了。

芝麻叶上锅蒸,晾干后可放数月,煮面时丢在锅里当菜。一日晌午,母亲李氏要领着闺女媳妇们下地掐芝麻叶。李克明看着皮包骨、一点动静也没有的病孩儿说:"我看这娃真快不行了。你们抱上,要是掐完芝麻叶还不睁眼,

李季的父亲李克明（摄于20世纪60年代）

就搁河滩草里吧。"那时镇上除了有钱的富户，一般人家的小孩死了都不棺葬，就往野地里一扔。

李氏哪里舍得，到了芝麻地把孩子放在树荫下已干枯了的勾勾秧上。掐完芝麻叶要回家了，闺女振芝跑过来一看，对娘喊："动弹了动弹了！就是不哭。"李氏抱起孩子就往家走。到街北头，一个玩风哨（蟒蛇）的迎过来，问这娃咋了，我给瞧瞧。他拉开病孩儿的左手瞅了好一阵子，说："这娃死不了，日后打功名吃饭呀。"

李氏听了很感安慰，到家把打功名吃饭的话说了。李克明说："你瞅他那瘦爬儿样儿，打到狗肚子里去了。"这以后李克明给振鹏起乳名"小蒿子"，有两层含义：振鹏又瘦又小像根草，是家里最小的老儿子。

祁仪镇窄仄的道旁挤着些灰黑色的店铺，很多从山里

图为唐河县祁仪镇的李家小铺旧址。这幢百年老屋为两层，上层放货。20世纪二三十年代，该房在祁仪镇是最高的建筑。李季在此出生并一直住到十五岁他离家去陕西前。（李寅棠摄于1993年）

来的农民在店铺前的土路上卖柴草。一下雨泥水四溢，镇子里烂糟糟的。

李克明以卖农具等家什的一百六十串铜钱为本，在祁仪正街南头开了个售草绳、碗筷、鞭炮、火纸、酱醋油盐的小杂货铺，号"德顺昌"，但街里没人这么叫，打发孩子买东西都说是上李家小铺。

李克明读过四年私塾，算盘扒拉得飞快。铺子早期由李克明兄弟俩经营；不久，振鹏的大哥李振三也参与进来，并成了主要的经营者。

镇上那些大点的商家瞧不上李家小铺,"什么'德顺昌',不过是上不了字号的'眼子户'。"但镇上人对李家小铺有好感:店主为人谦和,公平买卖,邻里们给李克明送了一个"李仁义"的绰号。

著名哲学家冯友兰1895年生在祁仪镇。冯家祖籍山西高平。康熙五十五年(1716年),先祖冯泰来唐河做生意并定居祁仪。冯家农商并举,产业很大,是祁仪的望族。冯家大院在镇东北角,李家小铺在镇南头,相距不过四五百米。

都说祁仪风水好。祁仪地处河南、湖北二省四县边缘。站在镇南的山上向下望,小镇呈负阴抱阳之势。镇子拥山面北,三河环绕:东面是祁河,西面是仪河,二水北流至镇外汇成清水河。清水河向西流入唐河。"山环水抱必有气",这样的地形近光、避寒、聚气、藏风,也有利于泄洪和灌溉,更兼有左青龙右白虎——两旁丘陵岗地的环拱,真个是"一水护田将绿绕,两山排闼送青来"。

祁仪距唐河县城五十五里,距黑龙镇三十里,李家小铺进货大都去祁仪西南的黑龙镇。黑龙镇不通汽车,四方的货物都是用木船沿唐河水运来。

铺子开始时是小本生意,用担子到黑龙镇挑货;境况好一点了，就使一个老牛拉着轱辘包着铁皮的木轮车；到了20世纪40年代初生意越发好了，还与别人搭伙在左近开了字号为"同兴长"的小店，卖盐兼着收棉花并经营些布匹。

李氏去河边洗衣洗菜，到地里捡麦穗都带上振鹏。李氏给他讲桐柏山里的故事和凤凰姑娘飞上天给百姓取火种的传说，他这一生每忆起母亲时心里都是暖暖的。

振鹏九岁那年，四十六岁的李氏突遭暴病而去，振鹏大哭着扑到妈妈身上。振鹏十一岁时父亲给他找了个后娘。后娘蛮横，脾气大，孩子们背地里叫她"糊丑"（不讲理）。

后娘很嫌弃振鹏，一次吃饭时振鹏边吃边看书，后娘一巴掌重重地打过去，他差点向后翻倒。

长嫂如母，倒是大哥振三的媳妇性情和善，振鹏的衣服都是她给做的。有一回他上邻村看书又忘了时间，家人等到很晚。他回来时父亲真急眼了，举手便要打，是嫂子护住并把他给拉走。

位于镇东街的祁仪小学原先是庙宇，清末是山陕会馆。父亲装满一小袋麦子抵作学费送振鹏去上学。

振鹏的老师,比他大六岁的黄子瑞的家在李家小铺向西的斜对面。一次黄组织学生演"七擒孟获",黄扮诸葛亮。角色分完了,没振鹏,他急了:"我当谁?"黄说:"你个儿太小,做我卫兵吧。"他很高兴,马上找了根棍子寸步不离紧随其后。黄后来回忆:"振鹏与别的孩子不同,小小年纪便问我'人活着是为了什么?'"

振鹏上小学时算术不是很好;国文好,年年拿奖。暑天,祁仪很多人都睡在院里。祁仪产高粱,用细麻绳把高粱秆捆扎成排,对折后搭于两边的条凳,睡在上面甚是凉爽。

那时家里没表,常常天还没亮他就摸索着从高粱席箔上翻下来,把书包往脖儿里一挂,拉门闩就要走。李克明问你干啥,他说上学。李克明说还月亮头呀,他说怕睡过头。

振鹏酷爱旧小说,把能找到的都看遍了,总是下了学到吃饭时还不回来,家人去找都是直奔书摊儿,他准在那儿翻书呢。

祁仪镇逢阴历一、三、五、七、九是集,摆书摊的必到。一块蓝布往地上一展,书八本一摞码得很齐整。大部分是木刻板的唱本、鼓儿词、草版话本小说。振鹏是书摊常客，在那儿一蹲几小时都不走。

别的孩子大人给点钱，或是买糖，或是吃碗用红薯或高粱面做的凉粉。他从不花钱买吃的，碰上实在是太喜欢的书了，就往李家小铺柜台前一站，也不吭声，问他才说想买本书。父亲或大哥便从柜上捏出两三个铜板放在他手心里。

李家小铺对门是姓胡的开的小饭馆。有个说书的镇上都管他叫金仙儿，除了说书，金仙儿还能把脉开点汤药。他来了总住胡家饭馆。金仙儿在晚饭后说书。每次振鹏都是早早就搬着小板凳占住前排。

"隋唐""小五义""楚汉争雄"，到了紧要处金仙儿打住了，边敲小鼓边说："明日且听下回分解。"当时不收钱，过几天他找个街里的帮他收。

振鹏纳闷儿，可多的人名地名，可多的事儿金仙儿咋啥都记得？后来一个与金仙儿相熟的人告诉他，金仙儿也常卡住，卡住时哼哼两句就混过去了。

姐姐怕他听书太晚误了第二天上学，常把着门不让他去。他假装不去了，趁姐姐不注意就往外溜，姐姐一把揪住他，他就讨好："好姐姐，我听回来给你学个小段儿。"姐姐稍不注意他撒腿就跑。

振鹏特别迷恋鼓儿词和曲子戏。鼓儿词源于唐代的道情、道曲。清中叶，南阳的艺人将当地的民间小调糅入其中形成了"南阳大鼓书"。左手持月牙形犁铧翅，右手敲击八寸鼓，艺人手、眼、身、法、步相互协调，在打板和《长流水》《紧急风》《蜻蜓点水》《凤凰三点头》的或疾或徐、或重或轻的鼓点伴奏中吟唱。

鼓儿词不仅保留了明清以来的传统曲谱，还吸收了新兴的四方杂调。说唱鼓儿词无须舞台，饭场、麦场、牛棚、碾坊、小院村头、集市道边随处可演。

曲子戏源自明清时期的民间俗曲小调，流行于陕西、山西、河南、湖北等地。演出形式分地摊坐唱和舞台演出两种。

曲子戏的乐调融会了"二簧""秦腔""山西梆子""安徽凤阳调""甘肃西凉调"等曲式。所唱内容很广泛，举凡神话故事、历史传说、古典小说片段、民间社会生活等皆可入戏。

唐河县城有个曲子戏班，来镇上演出时振鹏几乎场场去蹭戏，《施公案》《小八义》《薛刚反唐》，他看得眼都不眨。镇上有几个会哼几句河南坠子的，他也总跟在他们周围转悠。人家走远了，他就独自哼哼着：

我是狗,

狗就是我。

我就是狗。

呜噢噢……

渐渐地,他也能讲些小说段子了。祁仪街里,"南头有个李呱嗒,北头有个曲呱嗒"。李呱嗒是振鹏;曲呱嗒叫曲子正,这孩子也是小说迷,常与振鹏换书。

1979年,李季辞世前一年还在《乡音》中对鼓儿词和曲子戏念念不忘:"不仅仅是乡音,对于儿时曾入迷般喜爱的鼓儿词和高台曲(现在称曲子戏),我也怀有深深的爱恋之情……我曾想过,倘若不是在战火纷飞的动乱年代……我的生活道路会是怎样的呢?答案是多种多样的,其中之一就是:我很可能成为一个蹩脚的曲子戏演员。"去唱曲子戏,这曾是少年李季的一个理想。

振鹏十三岁小学毕业后,于1936年9月至1937年10月在南阳私立敬业中学上了一年初中。这期间他读了不少"五四"以来的文学作品,他还在宿舍挂了一张鲁迅的半身像。有位家是邓县的老师姚雪垠给他那个班上过国

李季小学毕业时，祁仪小学从县里找了一个照相师傅给每人照了一张像。

文。他读过姚老师的小说，对他甚是钦敬。

在南阳读书期间有次回家，后娘嫌他带回的被窝卷儿脏，一脚给踹到铺底墙角处。铺底阴潮蝎子多，振鹏取出再用时，腰被蝎子蜇得一大片红肿。

"九一八事变"后，日本人企图从东北向华北侵蚀，1935年下半年在冀东建立了傀儡政权。1935年12月"一二·九"运动在北平爆发，1936年夏很多流亡学生到了南阳、开封。1937年秋学校停办，振鹏回了祁仪镇。当时黄子瑞搞了一份宣传抗日的油印小报，振鹏负责写稿并送报。

黄子瑞以祁仪西面二里多地的一个空庙为活动点组织了"青年工学团"，参加者有李振鹏、龚兰阁、桂书月等十几个镇上的进步学生。他们边学习边宣传抗日。黄子瑞推荐给振鹏的《陕北速写九十九》他连读了三遍。

经黄子瑞介绍，1938年春，振鹏到祁仪镇南边三里多地的南李庄多福小学教了半年书。小学只有三间烂草房教室，两间矮瓦屋兼做办公室、宿舍、厨房。老师有两位，振鹏教四年级的八个学生和全校的体育课。学生管十五岁的振鹏叫"小先生"。

语文课内容有振鹏从出版物中自选的，也有宣传抗日的，如冯玉祥悼佟麟阁、赵登禹的诗《吊佟赵》等。

他组织学生爬山、越野跑，带学生在校园里搞花坛、建小动物园。

为让更多的农民识字，振鹏组织学生在午饭后上课前分头到附近的村里教识字。他要求每人教四至五人。课本是他自编的，每篇都很短，如："血！血！中国人在流血！""日本军阀太猖狂，一心要把中国亡；强占我国好河山，奸淫烧杀又掠抢。"

有的农民三四个月就记住了一百多个字。生活艰窘、终岁在田里流汗的壮年汉子陈万富高兴地说："这小李先生真好，叫俺这老乡晕也能认字了。"

1938年4月的一个星期天，振鹏带学生打着一面写有"多福小学慰问抗日将士募捐队"的红布旗，在学校周边的六个村向富户募捐。每到一户，振鹏说明来意后，带着学生进到院里唱《松花江上》《救亡进行曲》，振鹏朗诵自编的《七月初七》：

> 七月初七，日寇在卢沟桥演习，发兵占我冀、察、绥，又来进攻我山东、山西。各地里奸淫烧杀又掳掠，不讲理。同胞们，联合起，今日要出口气。有钱的出钱有力的出力；有枪拿来上火线，组织起来打游击，把日本强盗赶出去！

朗诵后动员募捐。有个开明乡绅黄广亭很是感动，听罢当即便拿出十块银圆。那一日共募得近六十块银圆。振鹏连夜写好慰问信。次日下着大雨，振鹏赤脚到祁仪邮政所，把信和汇票寄至"国民革命军第十八集团军"。振鹏还在祁仪街里办了宣传抗战的壁报，上面的短文、顺口溜都是自己所写。

振鹏从三四年级选了十二个学生组成"儿童剧团"，到村里说鼓儿词演小歌剧。鼓儿词《赵登禹死守南苑》由振鹏说唱，他手里夹两块铁片"当啷当啷"打着节奏，一段说完土台子下一片掌声。

教小学也是紧巴巴过着日子，薪水都攒着。比他小四岁的侄子李寅棠一周给他送过去一篮子白面掺高粱面蒸的馍，吃到后几日馍已干硬。

中午到吃饭时候，他去自己辟的小菜园揪几片叶子，在水里涮涮往锅里一扔，锅开了捏点碎盐。一口大锅一两个馍不好热，每天都是就着菜汤啃凉馍。

他后来回忆着那段日子：

> 我十岁时姐姐出嫁了……母亲过早去世，继母又不善良，在家没有温暖。上学读书和现在教书，我都愿意终月终年待在学校里……晚上批改完作业，就在油灯下开始了我每日的夜读。

这期间要走的思想越发坚定了。他把作文本、日记本和自己写的章回小说，他原本要组织演出的田汉话剧角色分配方案等放在一个小木箱里，交大哥保存。1938年7月初，他向黄子瑞提出请求，务必想办法帮他去西安。

黄子瑞见他甚是坚决，即去祁仪东南的湖北枣阳叶庄，找到1937年底从南京出狱后在村里办平民夜校的黄民彝（黄火青的妹妹）。黄民彝给她被关在南京监狱时的难友，八路军西安办事处秘书熊天荆写了介绍信。

当时祁仪镇的龚兰阁、桂书月也曾有过同去的念头。龚姓在祁仪是大家，住在祁仪正街北头。龚兰阁的父亲也开着一个杂货店。龚兰阁、桂书月和李振鹏一起在镇上演过街头剧《放下你的鞭子》。

1938年3月，日军攻占了山西的永济、风陵渡，并在黄河北岸建了九个炮台。"日俄战争"时所用的大炮架在了风陵渡，日军常向黄河以南的潼关方向开炮。龚兰阁对振鹏说，日本人见火车就打，很危险。

龚兰阁抗战后从重庆去了台湾。桂书月当时已订婚，家里不让走，自己也不坚决。

"他们不去我自己走"，振鹏很坚定。那几日他整宿睡不着，半夜就起来在黑暗里坐着。

"出去弄个啥？你现在走以后会要着饭回来！"李克明吼小儿子。

"就是要饭我也永远不回祁仪！"

李克明不叫他走故不给他钱，他教小学攒下十六块银圆。大哥给了他十四块银圆。大嫂赶着给他做了两双鞋，大哥把自己应付门面的制服也给弟弟带上了。

1938年7月22日行前那晚，黄子瑞买了两包点心，

十五岁的李季1938年7月22日离家赴陕西前就住在河南唐河县祁仪镇这间小屋里。小屋分为左右两间,每间约七平方米。今天这个小屋仍在。李季参加八路军后,唐河地方政府在房子左侧的门板上钉了"军属"的牌子。牌子至今犹存,但字迹早已漫漶不清。(李江夏摄于2018年)

泡了一壶热茶,振鹏与老师在棉油灯下一直聊到后半宿。

他这一走就是十一年,直到1949年冬才回了一次祁仪。他走后,家人能看到的他的痕迹只有他读小学五年级时用毛笔在老房的山墙上写的一段顺口溜:"土地庙门朝正东,刮来一阵西北风。若知此字谁写的,请你去问李振鹏。"

二

在那个离乱的年代，从没出过远门的十五岁乡下孩子背着馍上路了。走到南阳见一卡车停在路旁，他想搭车，就从后车厢爬了上去，一探身傻眼了，里面坐着十几个荷枪的国民党兵。

"你是什么人？"

"我想搭车去洛阳找亲戚。"

领头的打量着他，"白搭可不行"，车快开了朝他要了四块银圆。

路上停车休息，坐在司机旁的军官与他交谈，发觉这孩子有文化有主见。聊着聊着振鹏也就直说了要去西安。那军官是个连长，说自己先也犹豫，后一想，抗战在哪儿都行。他还训斥士兵："不许再朝这孩子要钱。"

1938年8月到西安七贤庄一号时，他身上仅余两块银圆。办事处很快便安排他去了洛川的中国人民抗日军政大学第一分校（简称"抗大一分校"）。

1938年12月，校长何长工率抗大一分校从洛川出发，经甘泉、延长过黄河，1939年1月行军至晋东南敌后根

西安七贤庄八路军办事处

据地。校址星散在长治、潞城、屯留¹的一些村子里。

李季从长治给家写信:"我很快要渡黄河到敌后去了。"他对侄子李寅棠说:"你年龄还小,要好好学习,以后读书救国。"在给家里的另一封信中写道:"我真的很想家。我老是想着小庄那棵弯腰的小枣树,我娘埋在那树旁了。"

1939年5月,在晋东南潞城的学员即将毕业。日军对晋东南扫荡,学校转移到太行山中,学员也大都去了各

---

1 潞城、屯留现均为山西省长治市辖区。

部队。7月，李季被分配到太行山上党盆地边沿的一个八路军游击大队，先后任文书、教育参谋、副指导员。

在游击大队，李季总想把教员讲过的游击战术用于实战。他所在的这个游击大队是介于地方武装与正规军之间的一支部队，给养困难，每人都分有一个装着硝盐的小纸袋，顿顿饭是山药蛋。好不容易弄到一点酸菜，由他每人一小勺盛给战士。战士大都是山西农民，多数人的岁数比他大。

某日酷寒，部队到几十里外背粮，他给战士许了愿：回来有酸辣汤喝。他说的酸辣汤就是往锅里煮几个干辣椒再搁点醋。

等战士们挨着冻把粮食背回来，他赶紧上伙房叫做酸辣汤。炊事员说，上哪儿弄辣椒去呀？酸辣汤没熬成，不少战士都恼了，说副指导员蒙人。他很委屈，跑了十几里山路找营长说："这副指导员我干不了，我还当文书。"四十多岁一脸络腮胡的营长呲了他一顿："就这么点小事儿，有什么干不了的？我在大别山里放羊还不如你呢，字认不了一个筐底儿，几场恶仗打下来就知道该怎么干了。甭废话，趁天黑前赶紧给我回去。"他扶正李季的军帽。

1939年，游击大队先在山西屯留与潞城的交界地带出没,后在潞城西北部的游击区与日军进行了多次战斗。他们割电线,炸碉堡,破坏交通,牵走日军的马匹。

李季埋地雷有了经验,吊雷、跳雷、子母雷被安排得既隐蔽又有效。一次他的大腿负伤,正赶上那几日连续几夜都要蹚着齐腰深的冰冷河水到对岸袭击,伤口反复感染近一年都不愈合。日本人封锁没有药,盐不是作为调味品而是当作消炎药,他只能每天自己用盐水清洗伤口,这也是他日后口重的一个原因。

是年,游击大队在屯留端掉了日军的一个重要据点,并配合129师进行了反扫荡。

游击大队队长是个文化不高的老红军,他很看重李季的文化,给他起外号"抓钩子"——这是种地必备的三至五齿农具,意思是游击大队缺不了他。

1939年底,游击大队在武乡整训并被编入八路军总部特务团。同年12月,他调到位于黎城的八路军总部特务团三营任营指导员。

长途行军的短暂休息间,李季常忆起童年时的家乡:一辆辆轱辘车沿黄尘滚滚的大路迎面而来。推车人骨架似干柴,脸庞呈菜色。不少人走出十里八里就一头栽在路旁

1939年12月，李季在太行山八路军总部特务团三营任指导员。

再也起不来了。

炎炎赤日，一串串被绳索捆绑的壮丁在黄土没脚的车辙间拖着沉重的步履。中原大地被"水、旱、蝗、汤"所折磨。在长满青苔的太行山石壁，在清漳河细软的黄沙滩，李季用石块用树棍歪歪斜斜地写下一首首小诗：

为了苦难的家乡人民，
为了母亲般的中原大地，
打击日本侵略者，
保卫抗日根据地，
保卫太行山就是保卫着家乡。

在太行山期间,他抓时间练习着写些小通讯小散文,他常为找不到书和没人与他交流而苦恼。一日,他在华北《新华日报》上读到一篇署名吴象的通讯《夜袭常村》——这个在八路军总部警卫团二营当文化教员的吴象他是认识的。屯留县常村有个日军据点,战前,吴象所在的部队派他去游击大队联系协同作战。1939年8月某夜,警卫团二营与游击大队一同袭击了日军的这个据点,他和吴象都参加了战斗。他不但从敌人手中换到一支新式三八步枪,还从日本军官的挎包里找到了别人不当回事,可他当宝贝的一个小本和一个空墨水瓶。

他很佩服吴象能把战斗过程写得如此准确精彩,但他不知道,这是吴象第一次发表的作品。游击大队被编入八路军总部特务团后,在野战政治部的一次会上他又见到了吴象。交谈中知道吴象也热爱文学,他很激动。吴象还把八路军总部他的两个热爱文学的朋友文迅、许善述介绍给他。这以后,"太行四友"时有书信往还。信中主要是谈各自的读书体会。但李季与文迅、许善述并没见过面。他后来回忆:

那天我正在营部整理材料，忽听外面有人叫："杜季（李季参加八路军后，恐敌特迫害家庭，将名字改为杜季），有人找。"我走出营部，远远望见两个半军半民打扮的年轻人走来，一个瘦长，一个稍胖。我习惯地正了正军帽跑了出去……当我知道这正是我朝思暮想的朋友文迅、许善述，并知道他们是走了几十里路专程来看我，我高兴得几乎把他们抱了起来。文迅告诉我，吴象调到武乡了，要不然他也一起来多好呀。

头次见面他就把自己刚写好的一篇几百字的通讯稿拿给文迅、许善述看，请他们提意见。这以后，他们谁有了一册好书，就约在某村头某禾坪，双方都走几十里或送或取这册书。拿到书要快看快还，通常是当天便在油灯下读至深夜。

1940年5月，李季调任北方局党校运输大队指导员。1940年8月至1941年1月，他参加了百团大战。这期间，他带着运输大队采办和向前线运输物资。日军到处烧杀，辽县（今左权县）百姓自己的生活都很困难，采办上来的大都是黑豆、高粱，能弄到一些玉米就特别高兴。

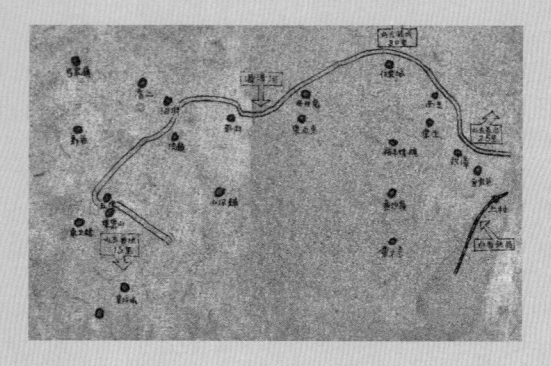

1940年秋百团大战时李季手绘的地图。李季时任位于山西辽县的北方局党校运输大队指导员。

吃上些黑豆糊糊就上路了。他习惯把背粮的布袋缠在腰间。他和战士们尾随着牲畜往返于太行山二百多公里的运粮道上。

"太行山的石头真是硬呵／多少人的鞋底都被磨穿／每走一步留下一个血印／青石板上红斑斑。"1962年，他在短诗《那时候在太行山》里写过这样的句子。行走于冰冷湿滑的山间，常常是鞋磨破了脚也磨破了，石板上印着血痕，这时就在山上找一些软草垫在鞋里。夜半他还要起来帮着给牲畜添料。1940至1941年，棉鞋棉服只能部分解决，他两冬没领新装，把自己那一份给了战士。

夜晚他与战士们睡在一盘大炕上，于黑暗中听他们唱《打酸枣》《割荞麦》《摘果子》《夸女婿》等山西民歌。

百团大战后期,李季从辽县桐峪镇给文迅写信:"你问过我写文章该走哪条路,我想了,总要让百姓能看懂吧。"在后来的文学长旅中,他走的正是这条路子。

好几次晚饭后,在北方局党校学习的"八路军太行山剧团"团长洪荒(阮章竞)在土台子上打着拍子,下面人跟着他的手势齐声高唱。李季被这个只读过四年小学、十三岁就在油漆店学徒的广东人的文艺才华深深吸引。

洪荒那时是太行山八路军中著名的文化人,他写词、作曲、画画、剧本创作样样在行。北方局党校的图书馆在一间破庙里。1941年某天,他在图书馆遇见洪荒,自我介绍后说,我读过你的剧本,真是好喜欢呀。

到八路军总部野战政治部下属的晋东南鲁迅艺术学校(以下简称"晋东南鲁艺")学习的念头一直缠绕着他。他把自己的想法告诉了北方局党校的秘书长杨献珍。开始并不抱太大希望,没想到杨献珍表示理解并很快就同意了。

1942年1月,李季到由武乡县下北漳村转移至辽县上武村的晋东南鲁艺(也称"太行鲁艺""前方鲁艺")报到。学校根据他的爱好,将他编入仅有十人的文学研究班。晋东南鲁艺属部队建制,学员穿军装,自己砍柴背粮,

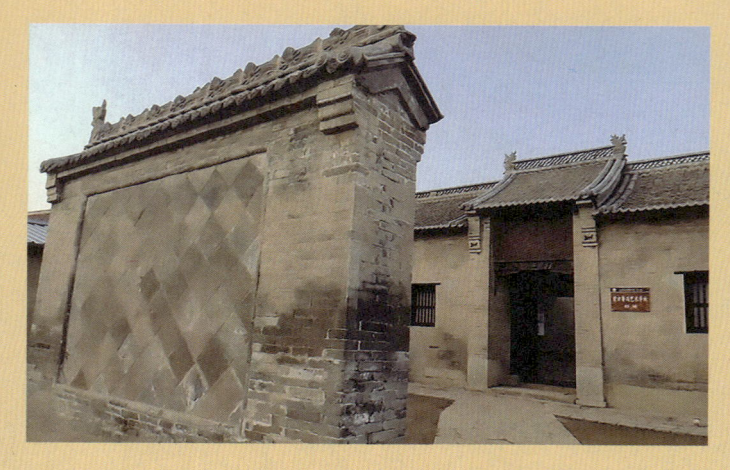

位于山西省武乡县下北漳村的晋东南鲁艺旧址。(李江树摄)

到村里宣传抗日。

  到校不久他认识了美术教员彦涵。彦涵很喜欢这个年轻学员,常学着他的河南腔逗他。文学研究班主任是湖南宁乡人欧阳弼(蒋弼)。欧阳弼1931年在上海参加"左联";1938年在西北军工作,参加过台儿庄战役;1939年到晋东南抗日根据地。

  "文章是逼出来的。"第一次听欧阳弼的课,这句话给他很深的印象。他曾想依照法捷耶夫《毁灭》的路子,将1939年在游击大队的战斗生活写成小说,拟好了一个题目叫《破晓》,但零零散散写了些片段,终未能成。

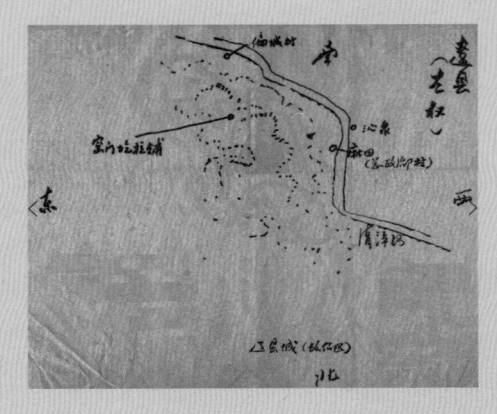

彦涵1939年参加鲁艺木刻工作团赴太行敌后抗日根据地,在八路军中从事木刻创作,并在晋东南鲁艺任教。彦涵亲历了日军的"五月大扫荡"。图为20世纪90年代他根据回忆手绘的地图。

1942年冈村宁次对冀中进行"五月大扫荡"后,为了袭击位于太行、太岳的八路军总部和129师,5月中旬又集结日伪军三万余人,分五路从正太、同蒲、平汉等线对晋东南扫荡。

日军先期派出多股或一二十人、或百多人的小分队。小分队有的以队长的名字命名,如"益子挺进队""六川挺进队",有的叫"特务工作队""特别挺进杀入队"。

这些小股部队带着电台、信鸽、八路军领导人的照片和简历折子。他们收买汉奸带路,昼宿夜行,快速向预定

1942年5月，日军发起了对晋东南的大扫荡。

地奔袭。他们着八路军灰军服，脚上却穿着皮鞋——不是疏忽，短时间搞不到这么多布鞋。这个情况被几个村的民兵发现，曾有过相互的对射。日军小分队并不恋战，被发现后迅速撤离。为避免与民兵、村民相遇，他们绕村而行，有时不惜攀缘险壁。

"晋疆锁钥，山西屏障"的麻田镇濒临清漳河，在万壑千岩的太行山谷中。当时八路军总部设在此处，就是因为这里是东出冀西，西达晋阳，北上晋察，南下上党、豫北的要塞之地。

5月24日夜，日军三千余人的先头部队已对青塔、南艾铺、姚门口、偏城形成合围，八路军总部趁夜转移。

因机关庞大，后勤部队携物资过多，行动迟缓，致使总部、特务团、北方局机关等一万多人千余牲口都挤在十字岭一线。

5月25日拂晓，一万多日军主力在六架飞机的轮番轰炸下，开始以"纵横合击"的梳篦队形发起攻击，八路军总部及野战政治部、军械部、后勤部、北方局、《新华日报》等八千余人被合围在辽县麻田镇以东的南艾铺村。

彭德怀、左权决定化整为零，寻找日军的缝隙分散突围。左权坚决要求由自己掩护和断后；彭德怀率部向西北；野战政治部主任罗瑞卿率野战政治部直属队及《新华日报》等单位往东南，向着河北与山西临界的深山中撤离。"销毁文件，突围出去一个是一个！"罗瑞卿高喊着。

连绵数十里，地形状如"十"字的十字岭位于河北涉县南艾铺与山西辽县北艾铺的交界处，海拔约一千三百米。十字岭西北部的垭口是突围的唯一通道，控制了十字岭制高点，才有可能向西北方向突围。

八路军第129师385旅769团1营营长李德生指挥战士抢占了制高点。清晨至下午，日军36师团主力在战机低空扫射的配合下，对南艾铺阵地发起冲击。1营控制着制高点，数次阻挡了日军的进攻，毙伤日军三百余人。

八路军副总参谋长左权毕业于黄埔军校一期，后被保送去苏联学习军事。他短暂的一生中有军事方面的著译三十余万字，如《苏联国内战争的教训》。他写的《埋伏与袭击》是"抗大"的必修教材。

左权是个儒将。中国最早出版的《鲁迅全集》是"鲁迅先生纪念委员会"所编辑，共二十卷，1938年7月在上海印行。左权行军时别的可以轻装，但这套《鲁迅全集》的书箱是一定要警卫员给带上的。

25日下午四时许，左权指挥着大部分人已突围至十字岭下面的一个小山坡处。清点人数后，左权发现还有很多人，包括担着机密文件箱的人还在后面的山沟里，他又向回返，组织撤离，就在此时落下了日军的第一颗炮弹。左权是老兵，他很清楚跟着就会有第二颗炮弹打来，这个时刻他只要卧倒就没有危险。但他仍焦急地站在土坡上大声吼叫着后面的人。第二颗炮弹很快就落在他身旁不远处，他的左额、前胸、腹部被弹片击中。

当时，日军以为被重创的是八路军129师师部机关，并不知道他们袭击的是八路军总部，也不知道左权阵亡。

炮弹炸开时李季就在不远处，他眼看着左权倒下，右

左权将军和夫人
刘志兰

手还紧握着左轮手枪。他的头轰的一下,心中如有刀绞!三个北方局党校的学生飞跑过去将左权的遗体抬至齐胸的草丛中,盖上军被,上面厚厚地铺上树枝并做了标记。此时,满天都飘飞着《鲁迅全集》的书页,李季走过去一页页捡拾着。

突围的关头,晋东南鲁艺的人全给打散了。李季有战斗经验,他在山坞间观察着地形。转过几道土岗,他向一个草很密的陡崖攀爬,没想到很快一个日军机枪手也上到了那个山头。机枪手把枪架在离他的头仅几米的崖顶,向着河滩四散奔跑的人群狂扫。枪声响时,震落的土块碎石扑簌簌落向他的头顶。他没枪,又在下面,只能死死地拽住葛藤,身体紧贴着岩壁。他做好了牺牲的准备,嚼烂并吞下两页绿油光纸文件。

天色已晦日军机枪手才下山。他抓住藤和粗一点的草根，扒着石缝从陡崖上顺下来，衣服被划烂了，脸上手上都是血痕。

沿着盘曲的山湾，他发现包围圈并未松动，周边的村子也都有日军。山路上被飞机炸死的人和牲畜经白日的暴晒放散着臭气。走到山拐角，忽见一女子惊慌地在旷野中寻路，他赶紧跑过去把她拉至隐蔽处，交谈中才知她是彦涵的妻子白炎。

白炎生在绥德一个富裕的商人家庭，是父母的掌上明珠。七七事变时，十六岁的白炎即将在榆林女子师范毕业，她不顾父母的反对去了延安，后被派往晋东南"太行山剧团"。

李季与白炎在昏暗中沿草高的地方往山根跑。前面是一座有梯田的山，他想着山那边也许没日军，就带着白炎往上爬。到半山腰，哧溜一声，一颗子弹擦破了白炎的衣袖，幸未伤及皮肉。紧接着，山头传来咿里哇啦的日本兵的喊叫。他扭头对白炎喊："上面有敌人，快往下跑！"

远山已看不到轮廓。左边是绝壁右侧是深谷，中间的小道堵着日晒后已膨胀了的死尸。他们跨过一具具尸骸在山间走了一夜。太阳升到树梢，又开始了一天的烤晒。

彦涵与白炎
（1941年）

  白炎疲累干渴已拉不开步，刚巧他在半山腰发现了一个小洞。他让白炎倚在洞里，自己到外面观察。好一会儿，他忽见山下小路上有一妇女。"哪儿狗不叫，能见到女人，有敌人的可能性就小。"这是他以往的战斗经验。他拔草寻路下到沟底，终于在灌丛中发现了一个很小的水潭。他渴坏了，狂掬狂饮。没有盛水的家伙，他脱下上衣浸到水里，返回洞中，他对白炎说有水啦。白炎干渴难耐，捧双手接着，他一把把拧出满是汗味、酸味、土腥味的草色水。

  这以后的几天，他们几次遇见野战政治部的工作人员和晋东南鲁艺的同学，一有汉奸带着日本兵搜山又都跑散了。在最后的几人中，李季是临时的"头儿"。他们只有一支枪。近一个月没粮食，只能吃树皮、野果，找不到水就喝马尿。晚上睡在牛棚、羊圈或草丛里。他一直盼着能见到15号首长（罗瑞卿）的部队。

李季带着这几个人从麻田辗转到涉县和沙河老爷山一带。一天傍晚他们终于走出了大山。日本兵刚刚从这里撤离，小村子只剩下颓垣断壁、残砖烂瓦和仍冒着烟的焦黑的房框。

忆及"五月大扫荡"，白炎感慨道："李季是我的救命恩人，没他我就没命了！"

"五月大扫荡"中，《新华日报》总编辑何云及报社四十六名记者在十字岭被日军枪杀。晋东南鲁艺文学研究班也有两位教员和数名学员牺牲，另一位教员和几个学员下落不明。文学研究班主任欧阳弼、教员陈默君被日军抓住后活埋，就义前他们毫无惧色。

1942年9月，晋东南鲁艺的一部分学员回了部队；另一部分学员在武工队掩护下，分两批从晋东南穿过晋中同蒲铁路敌占区封锁线去延安。

李季是第二批。他们在半途又与日伪军遭遇，转到山上隐藏了数日。这一路走了三个多月，1942年底到了延安。

他依据自己的感受和了解到的一些情况，写了抗战终将胜利的通讯《看不见太阳的人们》，1943年1月12日刊于《解放日报》四版头条。编辑把标题改为《在黎明前的黑暗里》——这是他第一次发表的文字。

到"延安鲁艺"(即延安鲁迅艺术学院)上学一直是他的愿望。经请求,上级同意他以晋东南鲁艺学员的身份报考延安鲁艺。

"从哪儿毕业?"

"在老家上过一年初中。"

"读过些什么书?"

"《说唐》《水浒传》《忠烈小五义传》。"

老师暗笑——他接待过的很多青年读过的可是《包法利夫人》《安娜·卡列尼娜》……经面试和他递上去的自传,校方认为这个二十岁的小伙子文化水平偏低,达不到入学水准。

《解放日报》编辑黎辛于《他活在我们中间》一文中写道:"1943年他从太行山到延安,想投考'延安鲁艺',没被录取,被分配到三边地区工作。"

李季在《三边在哪里》一文中回忆了当时的情景:"头一年冬天我随一支部队从太行山到延安,满心想着能在一个什么学校里认真读点书,好好学习几年。想不到从这个招待所搬到另一个招待所,末了我被通知说:到三边去当小学教员。"

1943年1月至2月,他住在延安鲁艺招待所等待重新分配工作。这期间他常与鲁艺演剧队在一起并帮些忙。某日演剧队在操场练习时,文学系第四期学员贺敬之见到演剧队中有个生面孔,有同学给他介绍说这是李季,双方互相点了个头。

虽未被录取,但他在《我的经历》中写道:"1943年1月至2月,在延安鲁迅艺术学院学习。"在延安待了一个月零几天,他确实"学习"了:他感受了鲁艺的抗战和文化气氛;他上过旁听课;鲁艺演秧歌剧,他多次给演剧队挑道具箱。

三

秦以前,游牧民族在三边地区聚居。汉唐时期,匈奴、吐蕃等族多次在这里与汉族有冲突和战争。明代晚期至清代,朝廷在与陕西相邻的绥远、宁夏、甘肃的三省边缘地带设"三边总制",统辖该地区的军事。

1937年9月,中华苏维埃人民共和国中央政府西北办事处更名改制为陕甘宁边区政府。陕甘宁边区政府在

1937年11月9日发布的命令中，将靖边、定边、盐池划归新成立的三边分区。1942年7月，陕甘宁边区政府在志丹、靖边、定边、华池交界的地区划出一个新的县，命名为吴旗，属三边分区管辖。1945年10月，安边设县并划归三边分区。1949年，安边县撤销并入定边，成为定边县的一个区。

三边与内蒙古、宁夏、甘肃接壤，黄土高原的原始地貌保留完整，是汉、蒙、回的交会地区与中原农耕文化向草原游牧文化的过渡地带。

20世纪三四十年代，陕甘宁地区文化落后，很多农民出身的区乡长实际工作能力非常强，但仅会写自己的名字，记事都是画圈圈画道道。这种情况直到1943年以后，因从不同地方来的有文化的青年对农村政权的充实和各级对本土干部在文化上的要求而有所好转。

靖边师资不足，多次给边区教育厅打报告要求增派教员。未被延安鲁艺录取的李季由西北局组织部分配至靖边县完全小学（简称"靖边完小"）。

在陕北，脚户（也称边客）不说"牲口""牲畜"，牲畜像是自家的孩子，要说"牲灵"。头骡笼套上的两耳间扎着三根有红缨缨的金属丝，金属丝上吊着三块小圆镜子，太阳一照像是三盏灯。

一帮子脚户带着十几二十几头牲畜在塘马大道，在山岚小径间行走。少则数日，多则数月甚或一年，他们渡黄河赴山西，走三边去宁夏，驮上盐、炭、绿豆、大枣、甘草、羔皮从延安到关中平原，贩回烟叶、洋火、洋布、面粉、大米这些陕北的罕有货物。另一条线是驮上布匹、铁器从神木、府谷到绥远的东胜，贩回酥油、皮毛、马、牛、羊。

靖边县镇靖古镇（张平摄于2017年）

脚户们艰辛劳顿，他们顶黑风顶黄沙露宿风餐。地冻天寒，牲口鼻子下面结着冰溜子；骄阳7月，一脚脚踩在滚烫的沙窝子里。行路吃干粮，坐下补鞍帐，"走州县过城府没睡过囫囵觉，精尻子（光腚）添夜料边添边尿"。

> 你不在家务庄农，
> 非要出门赶牲灵。
>
> 不赶毛驴一身轻，
> 咋个说你都不听。
>
> 东地葫芦西地瓢，
> 出门人的日子多难熬。
>
> 一碗凉水冻成冰，
> 哪知你在外丧了命。
>
> 赶脚的走的是青石砭，
> 轰着毛驴驴驮着炭。

赶脚的你把你的毛驴牵,
你莫要管我哭我的汉。

　　脚夫劳瘁还很危险,说不准在哪儿就遇上了土匪劫道,土豪、地方武装强行征税或逼迫他们无偿运货。因伤因病或其他原因死在外面就更惨了。

赶脚的哥哥真受罪,
歇下来常在外面睡。

听见下川马蹄响,
扫炕铺毡换衣裳。

听见一声驴叫唤,
披上花衣裳往外窜。

走头头骡子上了硷畔[1],
小妹妹我忙把红鞋穿。

1　硷畔:指窑洞或房屋院落前的空场。

二苤苤韭菜缯把把,
咱有缘遇在一搭搭。

三哥哥你来了就不要走,
我给你扫槽喂牲口。

你是我的哥哥你就回一回头,
你不是我的哥哥就莫要在此留。

三十六孔窗子双扇子门,
你不是我的哥哥快起身。

有心给你做一双鞋,
恐怕你走了再不来。

  常年在沟壑山野间行走,几十里都见不到一个人,日子单调心中孤独,故脚夫与暂住地女子有了爱也是常有的事。女子们欢喜这些身手矫捷、穿州过府、走三山四码头的赶脚人——他们远比村里那些从未出过山洼洼,只会在

民国时期脚户用的
马鞍子（田捷摄）

土里刨食的后生有见识。

牲畜队从山脊下来了，赶脚的跟她们拉话话，谝外面的新鲜事，送她们梳子、花布、小镜子、擦脸油……

只在省内走动的一般脚户，拉东西少使上三四头驴，拉东西多使上七八头驴；沙地使骆驼。脚户挣的是辛苦钱，要跑前跑后照看牲口，上垛子下垛子起夜弄草料。垛子空时脚户和客人可骑上走，满垛时脚户和客人全程靠脚。

小站六十里，中站七十里，大站八十里，就是里以上算是放大站。放大站最是辛苦。20世纪40年代从安边到定边没汽车，脚户有顺口溜：

  安边到定边，
  两眼泪不干。

明是九十里,

暗里一百三。

脚户辛苦但自由,想走就走,要歇垛子就歇垛子。走到哪儿寂寞了想唱就唱——他们唱民歌也传播了民歌。

张登贵是靖边席麻湾镇木瓜树圿村人。1937年,他随爷爷、父亲逃荒到延安,先在安塞干杂活,后专以赶脚谋生,一直走延安——靖边——定边这趟线。赶脚按天算钱,一天收几毛或一块钱边币。

20世纪三四十年代,张登贵捎脚带过不少人到三边。1940年惠中权从延安南面的甘泉调任靖边县委书记,他一家从延安到靖边是张登贵带过来的:两头驴的笼垛里装上四个娃;惠中权的妻子刘海英病着,骑一头驴;加上驮些家什,总要四五头驴。惠中权在后头跟上走。

1943年3月,李季从延安出来跟的也是张登贵。二百八十余里路要走四天。他穿着洗得很干净的用草木灰与黑豆皮染的浅灰色土布军装,背包放在驴垛子里。他们走过河湾洼地,走过宽坦平浅的坳沟和山前漫岗地。早春的风吹刮着。叽叽喳喳、咕——咕——,榆树、毛头柳枝头上,山雀、斑鸠在叫。走得无聊,张登贵有一搭无一搭并无连贯地唱了起来：

  一道道山来一道道川，
  赶上骡子走三边。

  走一回三边十来天，
  头一站住在走马湾。

  二一站住在江家硷，
  江家硷起身放大站。

  枣溜马儿羊皮鞭，
  铁边城里去看兰兰。

  千座圪梁梁万架沟，
  鞋底磨穿跟着驴腚走。

  三十里馍馍四十里糕，
  二十里杂面饿闪了腰。

走一回洛川没赚下钱,
骡子脊背都压烂。

走一道垴又一道垴,
垴垴底下种胡麻。

走一道坡又一道坡,
坡坡上面荞麦多。

走一道村又一道村,
个个村里狗咬人。

走一道河又一道河,
河上一双双戏水鹅。

走一口井又一口井,
口口井上有绞水人。

只有井绳缠辘轳,
哪有辘轳把井绳缠。

人家有家我没家,
无根沙蓬往哪儿刮?

人人都说出门好,
出门人的难谁知道?

三天刮了两场风,
咱出门人儿谁照应?

出了门来往后瞧,
只想哭来不想笑。

天上的星星三颗颗亮,
咱出门的人儿好凄惶。

…………

  在延安李季看过秧歌剧,那里面就有顺天游的唱段,但他一个中原人听不懂陕北话,不知唱的是啥,故并未引

张登贵是李季学习信天游的第一个启蒙者和老师。图为1955年时的张登贵，那一年他39岁。

起他的注意。

张登贵是唱顺天游的好手。其声音特点是：吐字清，情感深，韵味浓。他的一曲《婆婆不叫看我的娘》让多少小媳妇听了掉泪。

张登贵的陕北口音很重，唱词李季听不懂，反正路上也无聊，他一句句问，张登贵一句句给他讲。顺天游中那些比兴、叠字、押韵、行腔走调与老家的鼓儿词、曲子戏和他熟悉的唱本有异有同，这引起了他的注意。知道了词，再听张登贵随意、即兴，带着洼洼里蒿草味的哼唱就有了味道。

如果说他出延安北关小城门楼子时对自己的途程还是前路未知，那四天的同行——走了一路唱了一路，走了四天唱了四天——张登贵的歌声对他就是一个当时他自己并不知道的转折点：张登贵遂成为他学习顺天游的第一个启蒙者和老师。

张登贵自20世纪40年代初到1955年农业合作化，一直干的都是赶牲灵这个营生。1944年春，李季在三边行署三科编乡土教材，一日在定边街里碰到牵着毛驴的张登贵，彼此都认出来了，李季特别高兴，一定拉张登贵到他办公室喝口水说说话。这后来二人又多次相见。他的小本上有若干首民歌就是从张登贵那儿记来的。

20世纪90年代初，七十多岁的张登贵身板依然健朗。曾有人问起1943年他从延安带到靖边的那个二十岁的小伙子李季，张登贵甚是感慨。自延安到三边他带过的人数不清，大多都忘了，但对带李季那一路上的情景却如在眼前。

第一天出延安到安塞县城，第二天到安塞化子坪，第三天到安塞与靖边交界的镰刀湾——毛乌素沙漠南缘的小村四下都是沙漠，沙漠中点着些长满小刺的柠条和小叶脱尽、枝杈干枯了的荒地蒿。站口小店的土墙上歪歪斜斜地写着："车马大店，茶水方便。"

生活习惯是牧区的：弥漫的浓烟里夹带着霉烂的柴草味、牛粪饼味、烧焦的毛骨味和牛羊肉的腥膻味，这令李季很不习惯。

未干透的柠条在炕洞里啪啦啦爆响。晚上他没吃饭，昏暗中缩在炕角哭泣。十五岁只身离家他没哭，在太行山许多次直面生死的战斗他没哭。这一夜的哭心情很复杂：或许是想到了在游击大队；在特务团三营；未被延安鲁艺收留；在老家时就教小学，从老家出来为的是打鬼子，现在在这儿仍是教小学；没有战友，没有同学，一个河南人一下子到了这陕北最穷的边地……

一夜未眠中他也曾反问过自己：人家世世代代都在这儿生活，自己初来乍到的头一天，一只脚刚踏进三边怎么就掉了泪？

第二天他早早起来，用石槽里冷冽的水洗了脸就跟张登贵上路了。下午到靖边县城镇靖村后即去抗日民主政府报到，在设于城隍庙的靖边县完全小学安顿下来已是暮霭时分。

"七沟八岔十里崖，黄羊难行雁不来。"靖边是个穷地方，上面给派来个老师，老乡们甚是高兴。见到时看他穿这么单薄，就有人说："这小八路好恓惶，大冷的天连双毛袜、毡靴也没穿。"有人还编了词："羊羔子皮袄狐皮领，延安派来个八路军。头戴军帽衣衫单，小被窝卷一点点。"

教书对他来说不陌生。靖边完小的百多名学生中有的比他还大。除了国文课,他还手制了木枪、红缨枪、木手榴弹,教学生练习瞄准、刺杀、投掷。学校的同人和学生都很喜欢这个从太行山来的老师。

设在城隍庙的靖边完小内有座明初所建的关公楼。关公楼四面的匾额不同:东面是"浩气凌云",西面是"天地节鼎",南面是"忠师义圣",北面是"一航湛月"。暮云缭绕,晚风中他带着学生在上面唱抗日歌曲,同为该校教员的姚以壮拉二胡伴奏。

他自己也常独自登楼,在那上面听雨、望月、看山、观星。此时他在想些什么?是"秦月汉关人不见,风沙萧瑟苦为情"(明代黄元骥《登靖边城》),还是老家的鼓儿词、曲子戏,太行山的战友,一直热爱的文学?

姚以壮会画画,他与李季合作给低年级娃娃做了很多"字坨坨"(看图识字的画片)。他写一个"南瓜",姚以壮就翻过来画一个南瓜。做"字坨坨"时他俩还编过一段顺口溜:

> 三岁娃娃穿红鞋,
> 摇摇摆摆上学来。
> 先生说我年龄小,

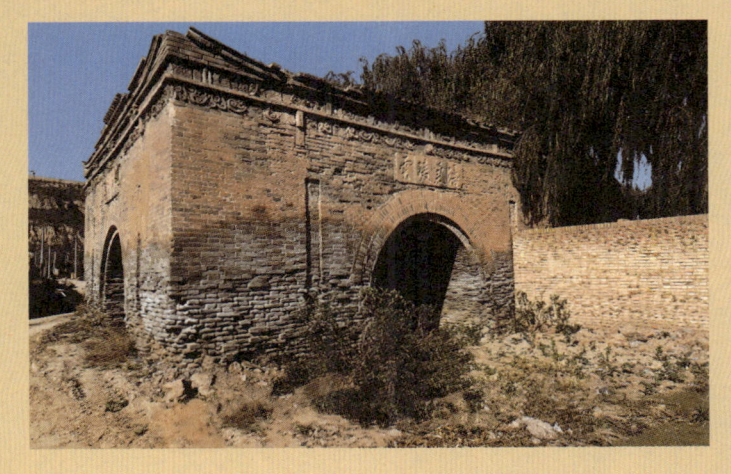

这座"关公楼"为明初所建,李季在靖边完小教书时,常带着学生登上此楼。(李江树摄于 2016 年)

回家吃一点奶再来。

这是靖边最早开展的幼儿教育。

靖边完小有教职员七八位,除教导主任和李季是外乡的,其余都是本县人。姚以壮家在镇靖,他常把李季叫到家里,姚母给他做扁豆捞饭熬酸菜,做杂面条或酸汤剁荞面。

吃面可是对了河南人的胃口,热乎乎盛出来,放上一小勺加盐捣碎阴干后用胡麻油烫过的山韭菜花,入口喷儿香。

杜芝栋（田捷提供）

这儿的面与老家的不同：陕北麦子金贵，三份麦子七份豌豆上磨推。三碗杂面粉捏进去两撮碾得碎碎的沙蒿籽，这样擀出的面特韧。

他还从姚母那儿了解到不少当地的民情风俗："女子忧愁哭鼻子，男子忧愁唱曲子。""养小子，要好的，穿长衫戴顶子；养女子，要巧的，石榴牡丹冒铰的。"这些话给他的印象很深。

杜芝栋1898年5月生于靖边县镇靖村一个贫苦的农民家庭。没上过学，靠自己粗识文字。他小时学了一手好绳匠手艺，打出的麻绳绳股均匀，打出的皮绳既韧又有弹性，打出的草绳比别个打的能多用两三次，方圆百多里都愿请他这个好绳匠。

杜芝栋自幼就迷恋民间艺术，打绳子走到哪儿都留意着各乡的说唱扭跳有何不同。他是靖边"勾灯""秧歌""腰鼓""霸王鞭""二贵摔跤"的好手。他唱起顺天游百多首下来不重板。他编的小戏《捡柴》《钉缸》等在靖边很是有名。杜芝栋有语言天赋，相邻几省的话他也会模仿地讲。他走的地儿多，知道的事儿也多。

"练子嘴，嘴子练，豌豆推成粉杂面。""练子嘴"是小快板书，"白口"是讲故事或说一件趣闻或新鲜事。杜芝栋站在靖边县靖边村"三棵树"下的圆形柳木墩子上，站在横山县张存有地村村头大榆树旁的土台子上，手持着"四块瓦"——左右手各拿两片竹片打伴奏。几圈听众张着嘴瞪大眼，一段"白口"或"练子嘴"说完，一片叫好声，不再加一段不让走。杜用"四块瓦"打出的鸟叫声、马蹄声、羊入圈声、二饼子牛车自近而远声，既逼真又有渐近或渐远的层次。

"正月十五转九曲，一年四季保平安。""转九曲"也称"九曲黄河阵"，这种秧歌与祭祀结合的活动据传是由姜子牙战阵图演变而来。

正月里在灯滩上闹红火，用三百六十一根高粱秆围成九城九门。高粱秆顶部绑着掏空的萝卜，里面注满清油，

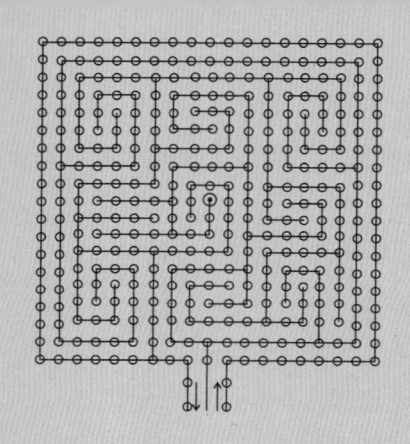

"九曲黄河阵"图示

清油里有点燃的棉花捻儿。

九城九门环套着,后面的人要跟着伞头依序游转,不然找不到出口。每到一门都要唱敬神秧歌:

> 秧歌进了东方门,
> 东方星君来观灯。
> 今夜晚上观了灯,
> 十分灾星去几分。

"转九曲"时杜芝栋总是伞头。伞头是手持花伞的领舞者,也是当地最好的歌手。只要杜芝栋在,"黑驴滚轴""野马分鬃""蛇盘九颗蛋""凤凰双展翅""珍珠倒卷帘""十二莲灯挂八角"诸队形就都进退有据,开合自如。1944年秋在延安召开文教大会期间，鲁艺副院长周扬专门请杜芝栋为学员排戏。

杜芝栋是靖边完小的校董委员。李季从延安到靖边的第二天，杜芝栋就到学校看望了这位新老师。杜的大儿子是他班上的学生。

从延安到靖边一路上听了张登贵的哼唱，李季就对顺天游有了兴趣。杜家距学校仅二百来米，他晚上常去杜家。

夜幕降临，金乌西沉。杜芝栋把灶里的枯树枝杈铲进焦黄的铜火盆。火盆里埋着洋芋，铁壶嘴喷出砖茶的香气。杜芝栋用火铲翻动，蛤蟆口灶里的枝杈噼噼剥剥爆响。饯风在窗纸上叫吼。

　　照见那村村
　　照不见个人，
　　泪格蛋蛋抛在
　　沙蒿蒿林。
　　…………

在似要拆木飞屋的啸声中，听着杜芝栋其声凄凄、带着"野""真""辣""朴""酸"味的哼唱。那哼唱令李季五内愀怆，如饮甘醴。

李季与姚以壮自编的民歌常请杜芝栋帮着提意见；杜芝栋识字有限，他搞的秧歌唱词也拿给李季、姚以壮让他们给改。李季与杜芝栋拉话晚了就"打筒筒"一盘炕睡下了。

与老家的鼓儿词、曲子戏不同，静夜中许多次聆听杜芝栋唱顺天游，那其中庄户人的种种哀乐喜忧，悠长调子中沉淀着的乡间逸事如生命的甘饴，点点滴落，渗入心扉。

杜芝栋以《哭五更》《二郎妹子推炒面》等为例，令李季晓得了顺天游不但可以唱情还可以"唱故事"。

杜芝栋让这位河南小兄弟多到乡下走走，多问问那些"嗨哈"（亦即"解下"，知道、明白的意思）人。他开始以为"嗨哈"是害怕的意思，对杜芝栋说，我不害怕呀。

自明以来，三边一带沿长城烽火台两侧的土地由汉民、蒙民协商耕种。春播夏耘秋收时，这里会有很多蒙古包和简易的帐篷。汉民、蒙民伙盘种地，分场放羊，在一个场上碾打庄稼，故有"伙场"这个名称。

用伙场为地名，陕北以靖边为最多，如双伙场、韩伙场、谷伙场、胡伙场、马家伙场——姓马的人多就叫了马家伙场。

经杜芝栋介绍，李季多次去镇靖以北二十余华里的新伙场向"嗨哈"人学习。新伙场村的张永贵、冯明山二人能自编自唱顺天游。张永贵、冯明山很喜欢这个揣着小本本,坐在黑油板凳上,端着锃亮的铜瓢大口喝水的完小老师。

> 我姐骑银骡子抱银娃,
> 我骑干树枝抱土疙瘩。

> 毛驴驴叫唤倒了主家,
> 寡妇唱曲这是要走呀。

> 你穿上红鞋黄羊坡上站,
> 把后生们的心都给搅乱。

> 一棵桃树两条根,
> 两个身子一条心。

> 金稻黍(玉米)出标(结了棒子)红缨缨,
> 妹妹骑驴我牵绳。

这几段正是从他二人处记来的。

1944年《三边报》刊登的对杜芝栋的报道。

在靖边完小教书的四个半月时光坚牢地打入了他的生命。杜芝栋等民间歌手,用民歌为他推开了一扇能看见三边的黄蒿、沙棘、连枷、扇车、老汉、后生、婆姨、掏苦菜的女子们劳作生息的窗。

"千年的顺天游黄土里埋/我要把它一镢头一镢头挖出来。"1945年秋到盐池后,农民民歌手王有的唱词一直在他脑中挥之不去。自1943年开始学习和收集民歌,他也是抱定了这样的一个决心和信心。

三边一带的窗子下面是三十六格大窗,上面是二十四格可开的天窗。阴历八月十五是窗户的生日——这是老辈传下来的。经一夏窗纸糟了。天气转凉,一毛钱边币能买三张厚麻纸——这时节家家都换新窗纸。

窗纸换过要重贴窗花。"男人忧愁唱曲子,女人忧愁动剪子。"从货郎担上买下些大红纸大绿纸大黄纸大蓝纸,女子婆姨们就丝丝缕缕地剪了起来。每年中秋、年三十前两次换过窗纸后各家都在串,看哪户的窗花、门花、灯花、顶棚花铰得好。

"五虎福林""八尊神仙""顽童逗猪""狐狸偷鸡"等昆虫、鸟兽、人物、器物、花木、山水要剪得"抖毛毛"(铰出锯齿纹)。毛毛如麦芒针尖就见了功夫;剪粗了就走了踪踪,剁下些坑坑。

剪纸最早的起源与祭祀,与原始巫术有关。正月初七是"扶运气"的"人日",绿色的"鹿"与红色的"马"要对贴在窑洞最打眼的墙上。"鹿""马"下方贴有黄表纸做的三角形香炉。上香时要念:"马儿马儿你吃草,一年的运气都扶好。"年前,防病防邪的"瓜子娃娃""守门娃娃"几乎家家都贴。

剪纸还被用作招魂。"安史之乱"后杜甫避难北走彭衙(今陕西白水县史官镇彭衙村),好友孙宰对他盛情相待,杜甫写《彭衙行》:"忆昔避贼初,北走经险艰。夜深彭衙道,月照白水山……故人有孙宰,高义薄曾云。延客已曛黑,张灯启重门。暖汤濯我足,剪纸招我魂……"这说明于唐代,剪纸在陕西民间已很普遍。

三边的妇女到八九十岁还能抖抖索索地剪纸。自小剪纸就与她们的生活、希望、期盼密切相关。正月初五天还黑着,娘把头晚剪好的《送穷花》与油糕、油馍一起搁在墙根下,那意思是"迎富送穷"。

连着几个月不下雨,三边"天高了,土干了,地下的庄稼火烧了,受苦的心煮汤了"。老奶奶念叨着:

> 青蛙缸口跳,
> 细雨满地浇,
> 风调雨又顺,
> 年年光景好。

> 往南瞧,往南瞧,
> 龙王爷架云上来了;
> 下得好,下得好,
> 和风细雨长青苗。

边念边把娃娃头青蛙身的《祈雨青蛙》粘在水缸边

沿。"云从龙，风从虎"——龙虎也是她们祈雨必剪的内容。

晾晒粮食的日子若赶上连阴雨，妇女们把手持笤帚的《扫天娃娃》插在笤帚上，插时也有段说辞："一扫天，二扫地，三扫扫出个老太阳。"

"十斤狮子九斤头，一斤的尾巴掉后头。"剪纸与顺天游在夸张、拟人、寓意、象征和表现内容等方面是如此切合贴近，辅车相依。

李季很喜欢剪纸，许多三边的女子婆姨们送的剪纸都保存着。二十多年后打开发黄的本子，里面夹的一张张色彩变得浅淡的剪纸早已酥脆，但那些个巧手手的模样他还依稀记得。

靖边西南白于山余脉的烟墩山顶有座明代的烽火台。明清时，深夜草滩上常有盗马贼偷马，同伙在烽火台处燃柴为赶马者引方向。

有关烟墩山还有一桩在百姓间流传的旧事：女方是包办婚姻，婚后被丈夫打骂虐待。后女方与小伙儿贾成相爱，被女方的丈夫发现报官府捉拿，贾成趁夜逃往西口外，病死他乡。女方得信后肝肠痛断，深夜攀上烽火台点灯为贾成招魂。

在靖边完小教书时,李季数次登烟墩山烽火台,在那儿徘徊许久。这桩旧事始终牵缠着他。离开靖边十九年后的一个黄昏,他一根根吸着烟,悲辛地写下了《招魂灯》:

> 高山上点灯哪,
> 四下里耀眼明。
> 千里的沙滩上,
> 黑咕隆咚一点红。
>
> 不为恶狗照明路,
> 不为豺狼咬牲灵;
> 单单为他一个人,
> 单为贾成哥点明灯。
>
> 一根灯草二两油,
> 没有清油泪珠儿凑。
> 红灯就是妹的心,
> 眼望口外犯忧愁。

尖嗓子叫一声贾成哥,
为啥你还不往回走?
宁条梁有狗你走草地,
张家畔有衙门你走河沟。

别人走口外都有信,
你像一根银针掉在大海中。
是路畔上的麻雀胆子小,
还是你在口外受苦穷?

不怕钢刀耀眼亮,
不怕衙门里百万兵;
没面子皮袄当作铁索甲,
心口窝赛过三丈厚的石头城!

你若是死在西口外,
好歹也给我托个梦。
当下杀死我男人,
白日里守寡黑夜里点招魂灯。

招魂灯亮照得远，
满天的星斗没了踪影。
不招游魂千千万，
声声贾成喊到天明！

陕北方言不但受山西话和蒙古语的影响，其间还夹杂了一些上古遗存的语词。这些语词糅杂混合。从这些语词中，我们也能反过来窥见某些远古先民的信息。

但这些土话委实令外乡人不好理解：住叫"盛"，三岁叫"三生"，去年叫"年时"，牛犊叫"牛不老"，小马叫"马条条"，玉米棒子叫"金稻黍卜啷"，煤渣叫"蓝炭"，死了的树叫"树不浪"，地面不平叫"咯楞瓦切"，债务叫"饥荒"，身量高大又憨厚叫"楞灰锤"，打哈欠叫"打活呀"，舒服叫"好活或受活"，没精神叫"灰少少"，烦躁叫"泼烦"，行动迟缓叫"载文"，痛苦叫"活撅心"，难受或害病叫"难活"，支持不住了叫"撑不定蓝"，倒霉叫"倒灶"，完蛋了叫"毬势"，老实人叫"瓷脑"，脑子僵的人叫"牛脑"，撒谎叫"喧谎"，捣乱叫"漆绞"，坏人坏事叫"儿人儿事"，成事不足败事有余叫"决板筋修蹄子"，年轻人死叫"殁了"，上年纪人死了叫"老瞌了"，很老的人死了叫"扶上山了"。

十里不同俗,去参加红白事,同为陕北,米脂、子洲、绥德、清涧叫"寻门户",府谷、神木、榆林叫"吃请",三边叫"赶事情"。

"煮了些'钱钱'下了些米/硷畔上搂柴瞭一瞭你。""硷畔"指窑洞或房屋院落前的那块空场。哥哥要是从沟里来,妹妹站在硷畔向下就能看见。"堖畔"指窑洞顶上那块平台。哥哥要是从山梁高坡上转来,妹妹就得登到堖畔上去了。

陕北有句歇后语:麻袋绣花——底子太差。初到三边,李季连生活中的交流都有困难。听不懂当地的方言、土语、俚语,这对他日后的工作和学习民歌是很大的障碍。自1943年至1945年,在两年的时间,他有空就找老乡聊天。

他也比较着陕北土语与老家土语的异同,发现相同的很少,如饺子都叫扁食。有些是相近的,老家管"怀孕"叫"害娃子",陕北叫"害娃娃";老家管"高粱"叫"桃秫",陕北叫"红稻黍"。

不同的就太多了,老家小男孩叫"毛孩儿",小女孩叫"毛妮儿"。陕北管"小"叫"猴",小男孩叫"猴小小",

小女孩叫"猴女女"或"碎女女",小男孩、小女孩统称"猴娃娃"。

老家也有一些让外乡人奇怪的说法和很顺口很形象的说法,如"塞乃",它含两种意思:事办得窝囊或是成心气我——你拿这点破东西来不是"塞乃"我吗?

"耐烦"是喜欢的意思——大妹子,我就耐烦听你说话。

"填瓢子"是吃饭,"灰灰菜"是说话不算数,天快黑了说"蒇黑儿",夜晚都睡了说"人脚定",人老了讲话没人听说"猫老不避鼠",时间还多说"东山日头一大堆",督促某人去做某事说"猴不钻圈紧敲锣"。

像陕北人把牲畜叫牲灵一样,老家的乡亲们对动物的称呼也带着浓浓的爱意:唱婆儿(金龟子)、春咕咕(布谷鸟)、草蹄儿(公性动物)、老花豹(老鹰)。

李季还记得小时正月十六早上吃饺子,家里有牛、马、驴、骡的户都要盛上一海碗素饺子,晾凉了端到它们嘴跟前儿。这一天要摸摸它们的头给它们顺顺毛,不能打骂也不叫它们干活。

就这样对比理解,李季不但熟悉了陕北的方言、土语、俚语,还搞懂了顺天游的源流和特色,并能以顺天游的民

1943年李季在靖边完小当小学教员时，常在晚上到杜芝栋家听他唱民歌，拉话拉晚了就住下了。图为李季当年住过的杜家老房。图中老房前高个的是杜芝栋的小儿子田捷，矮个的是杜的长孙。（田捷提供）

歌形式写作。一些三边文化的研究者说，想起来也真是不易，我们在这块土地上活了几十年，很多方言也不敢说自己都搞懂了，他一个中原人如何这么快便能深入？

　　李季在靖边完小只教了四个半月的书，但他与杜芝栋的隆情厚谊几十年都温润着彼此。在后来的时日中——在武汉，在北京，在春风不度的塞外玉门的曙色里、灯焰里、风沙里、秋阳里，他常常想起他的杜老哥哥。1958年、1962年他两次回靖边看望杜芝栋。

　　1958年春，他第一次重返三边时既兴奋又激动，还没到就在途中写诗：

　　　　芦花公鸡不要叫，
　　　　白脖狗娃不要咬，

你们没看看这是谁,

这是咱们家里人回来了。

身穿光板老羊皮,

头上蒙了块白手巾。

远远瞭见我心里想,

看穿戴就像咱三边人。

"你尔格(现在)成了大人物了,可还记得当年咱们一搭闹红火的事?"杜芝栋对比他小二十三岁的老弟说。

"哪能忘了。我尔格现在还是个写字儿的。'正月十五挂红灯/单等我那五哥哥来上工。'这是你那时唱的。1943年在靖边,我跟你学的本事可真是不少呀。"

1962年秋那次回来他在三边住了一个多月。青阳岔、杨桥畔、小河村、宁条梁——在靖边,他重访了许多离开后一直挂怀的地方。

去镇靖以南十五里的漫水圪坨村,一是村里有他的学生,二是想到离县城远点的地方看看现今农民的生活。

在漫水圪坨村口的山坡上,刚巧就碰到一昔年相识的放羊老汉,李季还能叫出他的名字。

"你老哥现如今拦羊还跟得上趟?"

"能行哩。"

"拦羊可不简单:一不小心羊被狼吃了,吃不好喝不好羊不长膘,天一热它就往背阴的山圪埚里跑。"

"这多年你咋还记着放羊这营生?"老汉略显吃惊。

天阴不放羊——露水阴气重,羊吃了没被太阳晒过的草会泻肚。日头出来羊走着走着身上燥,头羊会带着羊群往阴坡里拐,拦羊的熟手用羊铲就地铲一小疙瘩土,毫厘不差地打在它身上。羊群中有出群往庄稼地里钻的羊,拦羊的也是准准地把小土疙瘩打出去。

清明前后,牛不老(牛犊)撒欢羊跑青。羊不吃枯草,刚露头的嫩草又不够吃,羊到处乱窜,拦羊的连吼带打地追。

吃饱,喝好,把羊拦好,拦羊这营生早就烙刻在他心里。1958年他完成了《羊羔传》。在诗里,喝苦菜清汤,穿烂皮袄,睡在北庄破庙里的放羊娃搂着小羊对它们说:

> 肚子饿了忍一忍,
> 到天明再上那青草山坡。
> 吃草可要慢慢吃,
> 不要抢着吃吃得太多。

图为李季以三边生活为题材所写
的叙事诗《羊羔传》中的插图。

渴了也得忍一忍,
要等到出太阳再下沟喝。
喝水要喝上流水,
下河里水儿浑泥巴又多。

小羊角短力气小,
大羊们要时时照顾看管。
吃草喝水先让它,
狼来时就把它藏在中间。

漫水圪坨村那放羊老汉知道李季喜欢,聊了一阵子他

就站在艾蒿丛中给李季来了几段:

> 太阳出来照山坡,
> 有一个小媳妇受折磨。
>
> 想哥哥想得迷了窍,
> 搂柴火跌进了洋芋窖。
>
> 哥哥走了不来了,
> 大放悲声哭开了。
>
> ············

听说李季回来了,过去的同事、朋友、他的学生,还有知道他的乡亲们到县政府院去看他。有人说:"这老李咋还跟咱三边乡里的干部一个样样?"

好几户都争着拉李季到家,炕桌上摆满了钱钱饭、馍馍炸糕、洋芋擦擦、水炒羊肉、黄萝卜扁食……临走时,他们早早就给李季预备下了一个个小袋袋、小包包、小坛坛,里面装满了粉皮卷、红豆角角、黄米米酒。

杜芝栋同志：

来函收读。自1944年延安见面后，三十多年来所未再见到你。从这次所寄赠的照片中见你以八十二岁高龄，尚抖数参加活动和表情仍精神焕发，十分高兴。

农村业余文艺活动，从延安以来，虽时隔数十年，但至今仍须大力提倡开展。它是丰富于大众的文化生活，也是团结、教育人民不可少的工具。

遵嘱奉赠我的近影一幅，请收。

请多保重。我若去延安，当去探访你。祝你长春。

周扬
1981.1.24

中共中央宣传部

1981年周扬给杜芝栋写的信。

1980年春李季过世,杜芝栋悲戚难抑。1986年冬,姚以壮的侄子姚勤镇去北京看望李季家属。行前,八十七岁的杜芝栋说:"前一晌有人讲要开纪念李季的会。耳风听闻你们准备上北京去铰窗花。你们去了一定给他坟上多烧几张纸。他是咱三边人,我老是想着他。烧纸的事你们一定不敢忘……"

姚勤镇回来后杜芝栋已重病在床,他强撑着让给说了在北京的事,姚勤镇一桩一件告诉了他,并对他说,李季夫人很仔细地询问了他的情况并叫代转问候。他听罢面露微笑,长舒了一口气:"好了好了,这可是了去我心里一宗大事!"

四

黄河中上游地带的黄土高原是全世界最大的黄土分布区。它东始太行山,西到祁连山,南抵秦岭,北至鄂尔多斯高原。在这个八万多平方公里的地域内,生活着五百多万陕北人。

陕西西南方向的青藏高原边缘和西北方向的宁夏、甘肃、蒙古高原以至中亚的干旱沙漠地带的岩石白天被太阳烤晒，夜晚冷却收缩，逐渐被风化成细碎的石块、沙砾、粉尘、黏土。

冬春季西北风沙尘暴骤起，沙砾、粉尘、黏土向着东南方向远扬轻飘，风小些便向下沉降，到了八百里秦川北麓被阻断。

经二百多万年，栗钙土、黑垆土、黄绵土、风沙土越积越高，它覆盖着破碎的地表，覆盖着黄河河漫滩，最厚之处竟达四百余米。加之毛乌素沙漠日趋南侵，流水逐年冲刷，黄土堆积面积较大较平坦的塬，黄土堆积呈波状或条状的墚，黄土堆积呈圆锥状的峁缓缓地在陕北高原耸峙而起。

千百年来，一代代农民在阳坡的沟底、山腰和山峁的平缓处打窑盖房。时日迁流，渐渐地有了些三几户的庄子和更大些的村子。

正是在黄河西岸，在黄土高原这样的生存环境中，不认字不识谱、在凶险的黄河晋陕峡谷中游扳船的佳县荷叶萍村农民李思命编出了《天下黄河九十九道弯》：

你晓得，天下黄河几十几道弯哎？

几十几道弯上有几十几只船哎？

几十几只船上有几十几根竿哎?
几十几个艄公呦嗬来把船儿扳?

吴堡县张家墕村脚夫张天恩在拉货途中哼出了《赶牲灵》的词和调子：

走头头的那个骡子呦三盏盏那个灯,
带上的那个铃子哟哇哇的那个声。
白脖子那个哈巴哟朝南咬,
赶牲灵的那个人儿哟过来了。

你若是我的哥哥哟招一招手,
你不是我的哥哥哟走你的那个路。
…………

张天恩十岁跟着父亲赶脚,只读过一年书,认不得几个字。但他好记性好嗓子,走三边,下柳林,听过的歌一次就能记下,听过见过的事也能随编随唱。

吴堡白家塔墕村有个叫白来英的姑娘,张天恩路过白家塔墕村边走边唱的那些个顺天游令她心荡神摇。她立于碴畔上听,隐在柴堆旁听,在乡道边听。"盐池上装盐延安卖/路上路下看你来。"白家塔塢村是张天恩常路过的去处,一来二去两人就好上了。

在无定河畔绥德三十里堡的一个小山庄,给骡马大店打长工的农民常永昌自编了《三十里堡》:

> 提起家来家有名,
> 家住在三十里堡村,
> 四妹子和了一个三哥哥,
> 他是我的知心人。
> …………

成为陕北民歌中的明珠玮宝的还有《走西口》《蓝花花》《揽工调》《五哥放羊》《光棍哭妻》《小寡妇上坟》等一批以凄美为底色的唱段。

"天之高焉,地之古焉,唯陕之北。"旧石器时代,"河套人"的聚居地陕北黄土高原是中华民族的发祥地之一。民歌是口头语言。民歌先于文字。有"民"就会有"歌"。"千年的老根黄土里埋。"四千多年前没有文字的时日,先民已在这块土地上唱着他们的歌。

光阴迁徙,流年漫漫,陕北渐次萌发出了二十几种民歌,顺天游在这其中尤为耀眼。

顺天游也称"信天游",也有叫"满天星"的,主要流传区域在三边。

陕西神木、府谷与沿黄河的晋西北诸县有"山曲""打坐台",内蒙古河套、大青山、伊克昭盟有"爬山调""阿拉地调",宁夏、青海、甘肃河西走廊一带有"花儿"。各地的旋律曲调虽不完全相同,但都深受陕北民歌的影响。

陕西西北部的定边和古夏州(今靖边)是顺天游发祥的腹地。当年,古夏州是陕西到银川经河西走廊至西域的通道。古夏州的土著居民一小部分迁至银州(今米脂)、绥州(今绥德),也有很多部落在连年的战乱中整体迁徙至西面的河套、河西走廊和西北方向更远的地方。

三边与山西西北部,与内蒙古西部河套地区,与甘肃、宁夏东部及关中平原的人员往来造成了文化风俗的糅杂交会,这使顺天游在甘、宁、青、晋、蒙也得以传播。

顺天游是古代民歌的衍续,早在秦汉时期就有了最初的雏形。《诗经·齐风·卢令》中就有一首顺天游这种上下句式的诗:

卢令令（卢是黑毛猎犬，令令是犬脖上的铃铛），
其人美且仁（猎人和善仁慈）。

卢重环（黑犬脖上大环套小环），
其人美且鬈（猎人壮勇品行好）。

卢重鋂（黑犬脖上一个大环套两个小环），
其人美且偲（猎人又帅气又有好本领）。

"清水音小，浊水音大。"（《淮南子》）民歌是"依字寻腔"——字调的升降带动着旋律的起伏。

顺天游也有数段甚至几十段的，但以两行一节为主，上句起兴，下句入题。上句可与下句相关，也可以毫不相关，仅只是设一个韵脚或以语势逗出下句。其音调或是高腔大嗓或是平腔小曲，通常是在上句灌入一个开放激昂悠长的高音，下句则如太阳下山后的打碗碗花般缓缓收拢。

顺天游天真、纯真，憨敦、稚拙，简单、真实，土言土语土腔调。

顺天游的上下句在天地、农事、动植物与乡间事项，

个人境况,当下心绪间不断转换,一个"游"字道尽了它的随性。

顺天游于局限中放散着丰沛的想象力。它可以是对星辰日月、怪石神木、游鱼锦鳞的想象,可以是对人事、情感的表达与发泄:油盐柴米,拦羊哥哥,东山糜子西山谷……"割一把糜子弯一回腰/喝口凉水还是娘家好"——婆婆给气受了,媳妇在溪旁揉衣裳,边想娘家边骂婆婆。"半碗黑豆半碗米/端起碗来就想你"——思念相好的,衣衫顺水漂走了也浑然不觉。

蒙古族徐缓舒展的长调是在水平的方向应和着草原风吹草舞的节奏。"背朝黄河面向天,陕北的山来山套着山。"黄土高原山大沟深,坡上沟底喊人是一种上下的方向,有时喊也听不到:"我在圪梁梁上妹妹你在沟/看见了哥哥妹妹你就摆一摆手。"

娘总是想着闺女,每次都变着花样,做了油炸糕、荞面饸饹、洋芋擦擦、羊腿把、羊肉臊子面这类好吃食,叫嫁到坡底或对面沟对面圪的女儿回来,"喊山"时要把声音拉得很长:"四——妮——来——家——"余音在沟壑间波荡。

草滩、沟口、阳坡开阔处、溪涧潭水边是顺天游最好的衬景。老榆树上山雀啾啾地叫。一大疙瘩云从陡立的崖后面转了过来。鹞子在沟梁峁盖间做圈状滑翔。川野里窸窸窣窣的风吹草摆声中夹杂着泉音鸟鸣和咩咩的羊叫。

白羊黑羊五花羊，拦羊汉吼着头上有黑毛的"黑四眉"，调皮总出队的"花豹子"，怀了羔的"山疙瘩"和小脸脸比别个大些的"大面""二面""三面"。走到山根一线清流处，羊一拥而上，竟把清清亮亮的水喝断了流。它们喝饱了，水流又接上了。拦羊汉从浅蓝色土布褡裢里摸出葫芦瓢，水起着皱打着漩一波波汪了小半瓢。

这儿的草青嫩，羊吃得不抬头。让它们多吃一会儿。拦羊汉把羊铲插进草里，把褡裢往老酸刺的权权上一挂。坐在高土墩上，他踢踏着面面呈人字形的牛鼻子鞋。环视四下，可沟沟开满了细碎的小花。他看云，看山，看草，看羊，忽然就唱了起来。想起甚就唱了甚。想唱甚调就唱了甚调。声音在羊群上方，在山圪圪梁岗岗间飘飞。他把这歌唱给大山，唱给旷野，唱给家人，唱给相好，唱给朋友，唱给自己……

雨后林地间血色的山丹丹花，崖畔上粉白混合的打碗碗花，石缝里滋出的白紫相间的扎妹花，灌丛中冒出的黄绿色插门花，有五个瓣瓣、秋天开得墚塬一片黄灿的蒺藜花——黄河裹挟着泥浆在山间翻滚。黄水、黄土、黄天、黄风,浑天浑地,举目皆黄。世代于此过光景的农民在顺天游中歌咏着这些花,那是在用声音给太过单调的天地和枯燥孤寂的日子点染一点鲜亮的色彩。

> 顺天游好像没梁子斗,
> 甚时想唱甚时有。

> 上川里下雨下川里流,
> 唱起顺天游不断头。

> 顺天游,不断头,
> 你想怎游就怎游。

> 顺天游,不断头,
> 断了咋个解忧愁。

点灯靠油,耕地靠牛,出门靠走,高兴了伤心了靠吼——农民用粗粝滞涩的吼唱排解苦闷,传递爱恨,平复心绪,冲破庸常。

半碗谷米熬稀粥,
山曲不酸没听头。

炖上羊肉短不了葱,
山曲不酸不好听。

拦羊妹妹庄稼汉,
一唱山曲就带酸。

火辣的山曲带点酸,
不辣不酸不解馋。

不唱酸曲我不在你家盛(住),
唱上个酸曲我想莺莺。

有婆姨的人真热闹,
没婆姨的人灰臊臊。

擦一把鼻子抹一把泪,

好女人不跟咱拦羊的睡。

帽壳壳揣几颗野鸡蛋,
你要不嫌弃咱今黑夜见。

酸曲直白、露骨、坦率、真实,内容多是调情、偷情和男女风流性爱之事,"荤"占着很大的比例。

三天不见哥哥的面,
大路上的人马都问遍。

三天不见哥哥的面,
口噙砂糖也像黄连。

三天不见哥哥的面,
崖洼洼画上你的眉眼。

白天想你墙畔上站,
夜里想你眼哭烂。

想你想得上不了炕,
炕棱上画下了人模样。

墙头上跑马还嫌低,
面对面坐下还想你。

想妈想大不是个甚,
想哥哥想得我头发昏。

哥哥出远门不给妹子说,
无根的沙蓬不知哪垯落?

前山里有雨后沟里雾,
照不见哥哥走哪条路。

割倒了糜子收到秋,
跑口外的哥哥往回走。

半斤莜面蒸窝窝,
挨打受气为哥哥。

手提上羊肉怀揣上糕，
扑上个性命往你家跑。

咱二人好比一圪都蒜，
一搭里生来一搭里烂。

清油酸汤蘸搅团，
咱两个好成个面黏黏。

双手手端起三盅盅酒，
叫一声哥哥你不要羞回我的手。

买不起马来买上一条牛，
娶不起婆姨你引上妹子走。

我和哥哥相好是心里爱，
哪怕把人头挂在南门外。

三姓庄外沤蔴坑，

沤烂秤砣沤不烂妹妹的心。

没有剪红刻翠，如青碧的溪水，年轻姑娘自心而出的率真赤忱的唱句令闻听者的心在抖颤。

鹁鸪喝水找山溪，
十三省地方挑下你。

海子畔上的灵芝草，
十三省地方数你好。

马茹茹开花老来红，
十三省人才数你能。

崖头的泉泉淌到山底，
十三省的朋友就挑中了你。

我想妹妹得了病，
十三省也没有好医生。

五谷里的田苗子没有高粱高,
一十三省的女儿家就数那蓝花花好。

陕北高原偏远、封闭,"南七省,北六省"——民间对中国的地域概念还停留在明代"十三布政使司"的区划。

深井投石试深浅,
唱个酸曲把妹缠。

二刀刀韭菜整把把,
巧口口说些哄奴的话。

说下的日子你不来,
圪梁梁上跑烂我十眼鞋。

暖水泉子冻不住冰,
去看你十回九回空。

初一捎话十五来,

一碗羊肉直放坏。

羊腥汤挂面红碗里捞,
你还嫌妹妹的心不好。

我想哥哥实想哩,
哥哥想我在嘴里。

我把你当灵芝草,
你把我当臭黄蒿。

馍馍白糖就苦菜,
口甜心苦你把良心坏。

好大的锅就下了几粒米,
好旺的火还烧不热个你。

青草牛粪围着火,
有了新的你忘了我。

喜鹊过河摆一摆尾,
忘恩负义你的心早飞。

用着妹子搂在怀,
用不着妹子掀下崖。

城墙底下撒豌豆,
你扔下妹子让谁收留?

早知哥哥是没良心鬼,
哪一个瞎了眼把你随。

一碗凉水一炷炷香,
谁昧良心谁先见阎王。

一根甘草十二节,
谁坏良心吐黑血。

哥哥你把良心坏,
五雷抓你的天灵盖。

大红公鸡毛腿腿,
我让只土豹子把你追。

遇上个半夜满天星,
把你拉到山上点天灯。

日后死在阴曹下,
小鬼拿你去挨叉!

有朝一日天睁眼,
小刀子扎你没深浅。

白花豹落在上河畔,
砍脑鬼没了我再寻汉。

前晌死你大后晌埋你妈,
格夹上针线包我另改嫁!

"有恨咬断七寸钉,为爱敢闯阎王府。"大山阻隔了讯息,也阻隔了中原一带儒家文化的渗透,她们不但敢爱敢恨,且爱恨情仇一概直来直去不加遮蔽和掩饰。

薄雾笼罩着丘阜、坡坂、荒坡秃岭。万壑千梁九沟十八川听不到一丝声音。"拦羊的嗓子回牛的声,一吼倒把那个天地惊。"蓦地,在沙梁上,在清空玄远间,一个汉子抛出的声音的彩线在山谷间摇荡而过。那声音飘忽不定,高亢而深情:

  白灵子雀雀白灵子窝,
  哥哥没娶下好老婆。

  白灵子雀雀白灵子蛋,
  干妹子没嫁下好老汉。

  羊羔羔吃奶双圪膝跪,
  连心挂肉的干妹妹。

  上一道坡坡下一道梁,
  看不见妹妹我好心慌。

二细箩子箩白面,
你是哥哥的牵魂线。

羊肚子手巾留穗穗,
你是哥哥的心锤锤。

镰刀弯弯割豇豆,
你是哥哥的心头肉。

百灵鸟雀儿满天飞,
你是哥哥的勾命鬼。

野雀雀落在胡麻地,
小亲亲想得我难出气。

半夜想起了干妹妹,
狼吃在山上不后悔。

数过那青苗高粱高,
赵家沟的女娃子数银妞好。

棉格楚楚胳膊俏格溜溜手,
没钱给你打手镯我心犯愁。

拿上个馍馍敬黑狗,
今黑夜要把妹妹搂。

你是哥哥的命蛋蛋,
抱在怀里打战战。

妹妹好比冷石头,
怀里焐热实难丢!

　　说不清他的歌是一阵风还是风就是他的歌声。拦腰的几句辨不出哪是结尾哪是起始。蜻蜓翅膀般抖颤的节奏戛然而止,霎时便穿透雾霭化入空气,长天大地山巅水崖复归岑寂。
　　刚刚的那个行腔,还让人感受到了远山的忧郁,仿佛看到了黄河岸边巨大宽广的景观与微小且有些模糊的人及牲畜在其间晃动。

质朴、峭拔、清亮绵长，充满了原始生命力，蕴蓄着生命直觉的顺天游数千年来就这样在静水流深的岁月中延衍；在墚、塬、川、涧间，在禾坪、硷畔、窑洞、土坯小屋里起落无定，聚散随风。

或沙哑或尖细，或嘹唳或喁喁，或重浊或轻清的歌唱，令听者从当下缅想着高原中的村庄与村庄中代代农民的亘古与泰初。

顺天游是通观陕北乡土陕北农民生活的一个入口。它是唱出来的生命，是唱出来的蛮性与单纯交织的真性情。

　　山沟山梁北风刮，
　　贫穷人家无冬夏。

　　黄河无路水推船，
　　庄户人的日子难上难！

　　月苗出来一点明，
　　出门人儿谁心疼？

　　数九拦羊雪坑里站，

衣破鞋烂冻得打战战。

老羊皮袄顶铺盖,
光景逼咱走口外。

苦菜芽芽苦菜根,
苦不过咱受苦人。

焦头头筷子泥糊糊碗,
你看咱受苦人难不难?

崖畔上开花崖畔上红,
受苦人盼着个好光景。

东边日头背到西山,
这样的苦日子多会儿能完?

前坡坡的糜子后沟沟里的谷,
哪垯想起哪垯哭!

顺天游既卑小、青涩、凄惘、哀戚，又粗粝、丰盈、盛大和豪强。它不但是农民意志最质朴的表达，其中还熔融着一世世农民顽强的记忆和不管多难也要"活下去"的坚定。

"心之忧矣，我歌且谣。"（《诗经》）通而观之，顺天游的总体调子是沉郁的、愁苦的、苍凉的、凄清的，它像崖壁上生着柔毛的淡紫色苜蓿花一样，含藏着深深的忧伤。

或吟或哼或吼出的顺天游分担着农民的悲郁与艰辛，歌声的拖腔中盛满了歌者心内的愁悒、苦涩、困顿、无奈与小小的渴望。顺天游令他们那被岁月和生活折磨得疲惫的心神被温润被疗救，他们的心神也在其间得着片刻的休憩。

"土疙瘩里刨光景""吹北风来刮南风／赶上毛驴驴度年成"对陕北农民来说，过日子就是"过光景""度年成"。"树杆磨面就野芹／轰上小牛车度年馑""当天下雨四边晴／就怕遭下歪年成"——他们祈盼着莫要遭下年馑，莫要遭下"歪年成"。闭锁的山岇间，顺天游与远古的季风一起，伴同着一世世农民度着他们单调的却实而又实的光景、年成。

历史上几百万人的战争、杀戮，许多重大事件，曾在历史上凸显的人物，串数不尽的民间事项，一方水土上一代人的生存，到了青简史书中淡淡的几行就过去了。随着时间的冲刷，大量社会学、政治学、文化人类学和代代相袭的民间民俗的痕迹都寂灭了，流失了，而人类又是多么需要保藏和传递这些文明的记忆。

和璧隋珠般的谷粒能在心灵的打谷场上珍存下来，全赖有了浓凝着时代印痕的正史、野史、稗史，文学、艺术、民间传说和百姓口耳相传世世咏唱的民歌小曲。正是有了这一切的承托，才使意义重大的人文细节没有成为忘川之水。

那时陕北拉货，东西多用大花轮车。大花轮车由一个牛驾辕，一或两个牛拉套。"柳木的车身杏木的轴，榆木的轱辘累死牛。"直径约两米的大花轮车车轮用木质坚硬死沉死沉的榆木或杨木制成。木制内轮与木制外圈间由或十二或十六或十八根木轴条相连。为增加强度，木轮上还打入了铁匠敲出来的四棱锥钉。

二饼子牛车拉白菜，

小妹妹坐在车辕外。

二饼子牛车膏上油,
捎上小妹妹到包头。

到了包头没营生干,
背起那个铺盖进后山。

三尺的鞭子四尺的梢,
甩出的鞭响顺沟飘。

山里人走不完黄土道,
哼一段酸曲泪蛋蛋掉。

大鞭子轰着牛车跑,
一葫芦烧酒去烦恼。

只一个牛拉着的二饼子牛车就轻便多了。榆木或杨木镶拼而成的大饼状车轮是实心的,车轮直径比大花轮车小一半。三边一带拉盐拉草拉粮都离不了它。

"二饼子牛车忽踏踏铃,鸡叫头遍把粮草送给三十军"——这是李季在靖边所写。他在乡里可没少搭二饼子牛车,很多首顺天游也是在二饼子牛车上听来的。

走荒坡过坳沟进沙石滩向着"北草地"绥远。二饼子牛车上下颠簸,车辕上的油葫芦左右甩摆。牛车啥时候"吱嘎嘎"声一闹心,车掌柜就吆住牛,摘下葫芦,抽出马鬃做的油捻儿,往铁车轴上膏点黄澄澄的胡麻油。走不多远,车轴转动摩擦生热,胡麻油飘出阵阵香气。

扬起鞭子走山外,
小砂锅子熬酸菜。

有的车掌柜在半途烧饭时倒润滑车轴的胡麻油。老板也有招儿:走前暗中往葫芦里兑点柴油。

"二个哈啦啦饼车子毛格牛牛拉,赶黑要到四卜树沙"——从靖边老县城镇靖到四卜树沙站口也就是三十几华里,二饼子牛车得走四五个小时;从靖边老县城到绥远的鄂托克旗三四百华里,紧着打牛腔也得走十天。"三十里平川二十里山,唱上个酸曲解心烦。"孤旅漫漫,抱着鞭子斜坐在车辕上的车掌柜逛荡着,哼唱着,瞌睡着。

五

榆林的镇川堡是南北方货物的集散地。货郎从镇川堡拿的上海货中有用长方形小铁盒装的"头号品蓝"染料，盒盖儿上或印着工笔的貂蝉或是周璇的剧照。那时搞不到墨水，"头号品蓝"兑水摇匀就是墨水。

李季在太行山时有一支一直当宝贝的钢笔，但用这种自制的墨水总是堵笔，故在三边常使的是蘸水笔。

用沙柳或红柳削出笔杆，头上开一细缝，将蘸水笔尖插牢。但蘸水笔有个很大的缺点：写不足十个字就要蘸一下，稍不留神就会滴下墨滴。

多少年过去了，当年的马莲纸上，大珠小珠落玉盘般美丽的字词与滴落洇开的"染料墨水"变成了由一个个漫漶不清的单字和墨滴串起并圆拢起来的民歌旋律。久久地睇视，会恍然觉得几十年前的调调正从酥脆暗黄的纸上哑哑地升起。

古长城的城墙、城堡、墩台在白于山背脊迤逦盘曲。环拱三边的有三条河：自定边白于山南麓发源的洛河向南流淌；自白于山北麓的芦关岭发源的芦河向北流淌；自白于山北麓的黑龙沟发源的红柳河从峭崖岩壁间向北流至巴图湾，再向东折，经靖边、横山、米脂、绥德，由西北往东南汇入无定河。

洛河、芦河、红柳河两岸有漫漫黄沙的沙地，有水草萋萋的水泊海子。李季很喜欢这里的景色与民风，一有空就进村坊入闾巷。

靖边有首民歌："四十里长涧羊羔山，好婆姨出在咱张家畔。"向着西南出靖边县城六十多里就是"四十里长涧羊羔山"。此处是风沙草滩区和山区的过渡带，两山之间地势开阔，有水泉傍屯而流。

这儿有个很小的村子，因小气候霜来得早，种不成糜子，故清初叫了个"死糜子圪坨村"。光绪年间，靖边县令丁锡奎觉得这名字不好听，给改成了"绿茵村"。

民国时，绿茵村村南六里的伙场住着四五户人家。绿茵村一张姓财主光景好得很，他在这个伙场有羊一千多只。那年遭了瘟疫，羊一滩滩一湾湾死下，这以后该伙场就叫了死羊湾。

1943年在靖边完小教书的四个半月中，李季四去死羊湾，1945年所写的《王贵与李香香》的故事背景就在那一带广阔的沙梁山峁中。

杨桥畔农民李志德从五十里外把七岁的儿子李应成

（乳名李发发）送到学校。李发发给李季鞠了个躬，说："我爸给我带了两个大白馍，叫给你吃一个，我吃一个。"

李发发是他班上最小的学生，很努力，八岁就以学习模范的身份出席了县上的劳模会。1958年3月李季回靖边时想到死羊湾看看，那一次是李应成陪着老师。

刮着很大的风，枯草嫩草向一侧倾倒。他们踩着二饼子牛车的辙迹进到村里。抬眼望去，昔时阳坡上的几排窑多数已人去窑空。硷畔上荒蒿摇曳，经雨打风吹，窑面子烂糟糟的。

昏暗的油坊隐现着斗、秤、磨、碾子、炒锅、油缸、油柜、油墩和洞洞里的麻油灯碗。外面的风越发大了，用粗麻绳悬吊在木架子上的、长三丈六、大头一尺多的油梁缓缓颤动。

摸着木钉上用蓆芨草拧成的萎黄色油绳，李季感喟万端：还是老的样子。十五年前他来过这个清末就有的老油坊。在老家时他就喜欢酒坊、油坊这种去处。当年他到死羊湾这处油坊是与换油的老乡聊他们现今的生活。

那时庄户人苦得很，穷家一年五六斤麻子油就很不错了。

除了个别户自制的白色老土布，陕北不产棉布，做衣

彦涵为《王贵与李香香》所作的套色木刻。

《王贵与李香香》中的死羊湾在靖边县席麻湾镇西南六七公里处。当年的死羊湾已改名为广阳湾。(田捷摄)

服的布是脚户东从太原、西从银川带过来的。像麻子、糜子、谷子、豆子、黄芥、荞麦、莜麦这类粗粮都用毛口袋装。毛口袋是毛毛匠用羊毛、驴毛、牛毛经五六道工序做成。

附近的村里人背来可装二斗三斗或是四斗半麻子的毛口袋。大师傅把口袋里的麻子倒进柳条笸箩估麻子等级。头等的极少，多是二三等的。估好等级称毕重量，麻子进了泥糊的或圆或方的仓里。

"清涧的石头瓦窑堡的炭"——色泽青蓝的清涧石头坚硬耐用，圆形的油流石用的是清涧的石材。

经炒、推、蒸、压，油翻着卷拉着丝顺油流石滚入油缸，沉淀后由伙计倒入油柜。

油篓上担着铁漏斗，伙计用铁瓢往油篓里舀油。小油篓装二三十斤，换油的捆上绳自己背上走；大油篓能装五十到一百斤，得用驴驮。

距死羊湾六十多里的宁条梁，李季也去过。那是个大的去处，明末清初就有很多油坊。"宁条梁开油坊七十二处，双梁双榨三丈六红柳油梁"——民国时集镇上的油坊达到鼎盛。"大榨油坊通天柱／干妹子正在为难处。"他在宁条梁听到了这两句。

在靖边受杜芝栋启发，李季开始记下一首首民歌。上

课时,他也试着用些小曲和顺口溜,他曾给李应成编过一段:

  李发发是个好娃娃,
  在家听他大他妈的话。
  来到学校学文化,
  一心念书不想家。

在他的小本中,还记下过数首三边一带的顺口溜,如:

  沟里山水吼,
  大路骡马走。

  园子葱和韭,
  院里鸡和狗。

  圈里大黄牛,
  囤里升和斗。

  炕上老两口,

地上小贤候（妯娌）。

锅项猫吃肉，
灶火小丫头。

请来上姑舅，
喝的恋恋酒（用红绳把两瓶酒拴成一对）。

在老家他就喜欢这种顺口溜式的民歌，如《小烧饼》《天上下雪地下滑》《去买药》：

小烧饼，
圆又圆，
多放芝麻多放盐。
叫俺吃，
俺喜欢，
叫俺写字儿，
俺犯难。

天上下雨地下滑，

> 自己跌倒自己爬。
> 亲戚朋友拉一把,
> 酒还酒来茶还茶。

> 朝罢天子拜药王,
> 迈步来到大药房。
> 生地黄,熟地黄,
> 甘草本是药中王。
> 有钱的人吃人参,
> 穷苦人家买大黄。
> 人参能把人补死,
> 大黄吃了通肚肠。

桐柏山区的山歌、田歌,南阳一代保留的中周音韵的灯歌,正是这些小时在书摊看过,听农民听说书的说过唱过的民歌,令李季在离家后的漫长岁月里时常忆起家乡。

闻着三边糜子酒的香气,他还想到了老家超过五百年历史的祁仪老酒。祁仪做黄酒用糯米不用稻米。制作方法独特的祁仪黄酒闪着琥珀色的光亮。这酒在唐河乃至在南阳都很出名。他小时光祁仪街面上就有四家做酒的。与李家小铺斜对门的李家酒坊和他家还是远亲。

李家酒坊是少年李季喜欢的去处。糯米在甑里蒸熟，降温后将米倾入酒缸，敲碎的砖状酒曲撒入米中匀拌，盖严。糯米中间的窝窝里汪出原浆后，把糯米放在台子上裹以土布，上压一块重石板，酒开始从台子的水道间汩汩而出，滴入大缸。经几日封缸，酒越发绵甜。

祁仪黄酒不但香醇，还能调配出淡绿、粉红几种颜色。暮秋连阴雨下个不停。开缸出酒时，祁仪镇从南到北满街酒香，铅灰的天幕下，整个镇子都是醉醺醺的。

来了客人父亲打发他去买酒。燃着的松塔和小木段在锡壶下爆响，不多会儿酒就泛起了白沫。而现在在靖边喝的是脚户从榆林驮来的糜子酒。

装糜子酒的酒篓很是独特，外面用柳条编制，内胆是在麻纸上涂胶泥状的牛羊血，晾干后仍涂，凡三遍。待透干后再刷一层麻油。盛油的油篓制法相同。篓子装满酒或油后，将浸湿的猪尿脬封严篓口，用麻绳扎牢。

靖边镇靖的农民师长娃比李季大四岁，他不但能唱民歌，大旱之时还会跳祈雨的七丈赤龙巫舞。一日，李季、姚以壮与他约在一起，炭火炖羊肉，再烤上几个油馍馍。姚以壮弄来一篓糜子酒。他们时而谝闲传，时而听师长娃唱：

民国时期三边地区装糜子酒的酒篓子。（田捷摄）

> 烧酒本是杜康留,
> 能和万事解千愁。
> 烧酒本是五谷水,
> 三杯杯五杯杯喝不醉。
> 你能喝酒有海量,
> 李白刘伶比不上。
> 酒坛子抱呀抱在怀,
> 我有曲子就唱呀嘛唱出来。
> 对面洼对面崖,
> 对面的好汉你过来。
> 大碗碗呀你端起来,
> 咱们喝他个喜开怀。

那一日师长娃喝多了,歌声震得窗掌上的麻纸也在颤动。

六

长城内外野人家，不养桑蚕广种麻。雨过山头成白雪，风刮遍地起黄沙。四月不见桃李花，尽是柳条稠如麻。饿了吃的牛羊肉，渴了喝的奶子茶。

万里遨游，百日山河无尽头。
山秃穷而陡，水恶虎狼吼。
四月柳絮抽，山花无锦绣，
狂风阵起哪辨昏与昼，
因此上把万紫千红一笔勾！

窑洞茅屋，省去砖木全用土。
烈日晒难透，阴雨不肯漏。
沙土筑墙头，灯油壁上流，
肮脏臭气马粪与牛溲，
因此上把雕梁画栋一笔勾！

客到久留，奶子熬茶敬一瓯。
剁面调盐韭，待人实亲厚。

猪蹄与羊首,连毛吞入口,
风卷残云吃尽方丢手,
因此上把山珍海味一笔勾!

没面皮裘,四季常穿不肯丢。
纱葛不需求,褐衫耐久留。
裤腿宽而厚,破烂亦将就,
毛毡铺炕被褥皮袄凑,
因此上把绫罗绸缎一笔勾!

堪叹儒流,一领蓝衫便罢休。
方才入黉门,文章便丢手。
匾额挂门楼,荣华尽享够,
嫖风浪荡不向长安走,
因此上把金榜题名一笔勾!

可笑女流,鬓发蓬松灰满头。
丑面腥膻口,面皮赛铁锈。
黑漆钢叉手,衣裤不遮丑,
云雨巫山哪辨秋波流,

因此上把粉黛佳人一笔勾!

塞外沙丘,土靼狄番[1]族类稠。
形容似猪狗,性心如马牛。
语出不离毯,礼貌何谈周,
圣人传道此处偏遗漏,
因此上把礼义廉耻一笔勾!

这首《七笔勾》,是清末湖北郧阳人、延绥榆道兵备道黄泽厚于光绪年间所描绘的三边。

清末国外宗教势力扩展至陕北,英国、荷兰等国传教士来到三边,除发展教友,还向清政府索地以盖教堂(百姓称"洋堂")等设施。当时有民歌唱道:"张世昌、冯世耀,外国来了黄毛老道,引着他们进家来传教。"

洋人买地需拿到朝廷的"龙票"。朝内主战派主张抵御宗教入侵,不发给洋人"龙票"。朝廷委派朝内翰林院士、河南光州人王培棻到三边巡查。王巡抚是主和派,他

---

[1] 土靼狄番:此为清末士大夫对边疆民族的蔑称。由于作品是民间记录,故予保留。

1958年，李季给1943年在靖边完小教书时的同事姚以壮写信，请他找人用毛笔誊写《七笔勾》。收到后李季在上面加了批注。

回来后在奏章中整段引用了黄泽厚的《七笔勾》。他建议朝廷将这块不服教化的蛮荒之地割让一部分给洋人。

王培棻的奏章引发了稍占优势的主战派的强烈不满。朝廷为平息事态，将王培棻贬放陕西做靖边县令。这便是历史上的"三边教案"。王培棻对"三边教案"有反思，在靖边任上做了些好事，如减轻税负、植树防沙等。

陕北人生存艰窘，范仲淹在《渔家傲》中写道："塞下秋来风景异，衡阳雁去无留意。"杜甫在鄜州羌村（今陕西富县南）写过《羌村三首》："……苦辞酒味薄，黍地无人耕。兵革既未息,儿童尽东征。请为父老歌,艰难愧深情。歌罢仰天叹,四座泪纵横。"

三边边地穷苦贫窭,不少农民多难也要"走口外"——向西到宁夏,向北至包头。他们中有些成了"刮野鬼"(在外浪荡者),有些为奴为丐甚或客死他乡。

黄泽厚在《七笔勾》中对民俗、对生活场景的描述很真实,他写出了三边生态的恶劣与底层的艰窘,但他笔下的百姓愚昧麻木容颜丑陋,诗中透着他对三边自然与民风的憎恶。

李季在靖边庙湾村一清末的杨秀才那儿初读到《七笔勾》,读毕给他以极深的印象和很大的震动。三十七年后,他在未写完的散文《三边在哪里》中的最后一句是:"我只想就一首题为《七笔勾》的旧词,来说说我对三边认识的变化。"这变化是什么呢?应该是那个于暗夜中在毛乌素沙漠南缘站口小店里哭泣的小伙儿,已经变成了一个深爱着白于山,深爱着洛河、芦河、红柳河流域的沙漠草原和圪梁梁山峁峁的三边人了。

自靖边始,他把从各处收集来的顺天游记在小本上。方式有几种:向当地民歌手和农民口头采集;农民干活时随口唱他随时记;搭牲畜车听车把式的吆喝声与歌声;

隐在河边苇丛中或蹲在窑洞窗台下,听或洗衣服或做针线的妇女们的哼唱。1949年他谈及在三边学习民歌的体会:

> 假若唱者丝毫没察觉到你在跟着,他(或她)放开喉咙,一任其感情信天飘游时,这对你来说简直是一种享受。不会忘记,我背着背包悄然跟在骑驴赶骡的脚户后面,傍着看不到尽头的长城,行走在黄沙漫漫的运盐道上,听脚户拉着尖细而拖长的声调时高时低地唱着"顺天游",那明快清朗的调子令你忘记了你是在走路,你会觉得你变成了一只鸟。
>
> 天气晴好,你隐身于深绿的沙柳后,听掏野菜的妇女们的歌唱;或是在农家小屋的窗边,听盘坐在炕上做针线的妇女们的独唱、对唱,此刻她们多是用"顺天游"的调子如泣如诉地表达着对自己男人的思念。只有在这时你才会晓得,记载成文的"顺天游"已经多少倍地失去了光彩。

1943年8月至1944年春,李季在三边地委整训班接受整风审干。"延安整风"中,许多从各省来陕甘宁边区的青年被打成"特务"进行所谓抢救。三边被"抢救"的干部有五十余人,他们都受到了程度不同的逼供、围攻。

他在税务局院里交代问题。经三个月的审查被恢复了工作,分配他在三边专属文教科搞乡土教材。他编写的《放羊识字》形式上仿《三字经》,易懂易记,里面全是些农民生活中常用的字词。

1945年夏,靖边出现严重的蝗灾,李季去镇罗区二乡参加灭蝗,回来后写了《老阴阳怒打"虫郎爷"》,发表在当年7月的《解放日报》——这是他公开发表的第一篇小说。

秋天,他了解到定边红柳沟镇卜掌村农民崔岳瑞揭穿巫婆骗钱,自己学医为老乡看病的事,就写了个《卜掌村演义》的章回体唱本。1958年他完成了长篇叙事诗《五月端阳》:

> 不知你这时在做什么,
> 是行军是休息还是打仗?
> 抬头隔窗见月牙,
> 初四五月牙儿镰刀一样。
>
> 不知三边月牙儿,

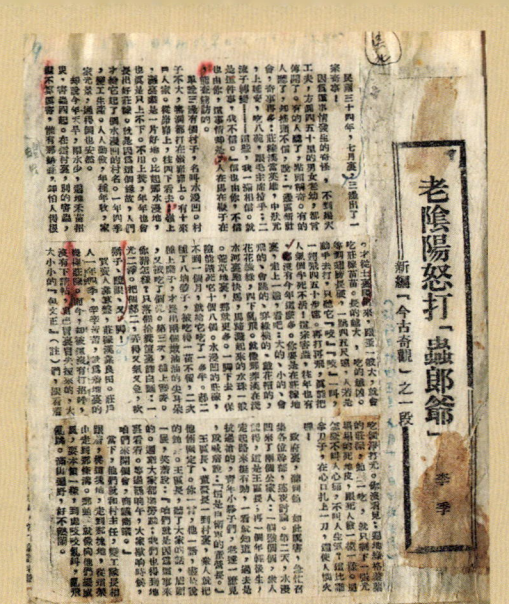

1945年7月,李季发表在延安《解放日报》上的小说《老阴阳怒打"虫郎爷"》。

会不会也照在你的身上?
要是行军照亮路,
打仗时鬼子兵无处躲藏。
……………

要是你能吃上黄米饭,
你碗里一定有我打的粮。
哪一颗黄米颗颗大,
那颗米的名字就叫端阳。
……………

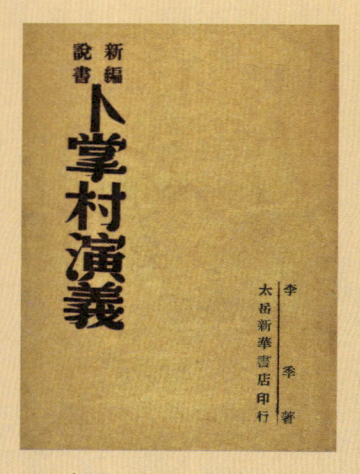

1944年秋，李季写了章回体唱本《卜掌村演义》。这个唱本看出了少年时李季在家乡所读的传统鼓词对他的影响。

李季以三边生活为题材所写的叙事诗《五月端阳》。

> 妹妹好比一条蚕，
> 从心里吐丝线千丈万丈；
> 蚕丝也有吐尽时，
> 妹的心要比那蚕丝还长。

《老阴阳怒打"虫郎爷"》通俗的语言，较短的句子，显然是受了他少年时喜读的话本小说《今古奇观》等的滋养。《卜掌村演义》《当红军的哥哥回来了》《五月端阳》，则看出了老家祁仪镇书摊上那些传统鼓儿词和说书人的叙事处理对他的影响。

三秦要塞定边是陕、甘、宁、蒙四省（区）的交界点。这个"旱码头"自古商贾云集，是陕、甘、宁、蒙很大的一个骡马交易集市。李季在定边期间更深地感受到了西北的民情风俗，小本上又多了些在定边收集的民歌。

1945年秋，他奉调到三边的西北门户盐池。延安鲁艺美术系教员，后成为著名书法家的陈书亮带着学生在三边采风。他与李季甚是投缘。李季临行前，陈书亮赠诗送别：

风急天高月似钩，
归装草草马啾啾。
十年抱璞轻生死，
午夜磨刀问斗牛。
浊酒一杯燕市曲，
黄沙万里玉关秋。
相期珍重如椽笔，
横扫中原写自由。

七

  他的行李卷里打着白羊毛毡、薄土布被和几册书,数个收集顺天游的小本。从定边出发,六十里草原有一半是沿着明长城。定盐土道上偶有脚户轰着驴和脖上挂着叮咚作响的铜铃的骆驼,脚户们唱着:

> 黄黄的地,
> 蓝蓝的天,
> 白盐出在定边县,
> 赶上毛驴(哎嗨哟)去拉盐。

十三年后,他将这一路的印象写入了《杨高传》:

> 下了沙海进草滩,
> 一片绿海望不到边。
> 草滩滩骆驼成对对,
> 对对骆驼对对船。

李季在盐池任县政府的政务秘书,县长不在时他代行县长的工作。除了经常下到村里,他还要组织发展生产,安排运粮,在区乡创办学校,处理民事诉讼……

县里给了他一间约五平方米的小屋。推开门,房的后山墙前是一盘土炕,临门有张伏案即咿呀作响的杨木桌。晚上他在青油灯下读书、整理民歌。小屋的墙上贴着他所录鲁迅的一段话:"生活太安逸了,工作就会被生活所累。"

薄被太短盖在身上包不住脚,他用一截绳扎住被子下头。后来县上给他发了块粗呢子被面和白布里子让他做条新被,他放在办公室的柜里——一是舍不得用;二是盖薄被半夜就冻醒了,好起来写字看书。白天他穿一领没面子的老羊皮袄,度过盐池漫长而寒冷的严冬。

在盐池,他认识了拦羊汉王有。王有生在盐池县城西南五公里的四墩子村。他十五岁给雇主放羊,冬天没有棉袄,只穿一件糟烂的老羊皮。

王有放羊时,一河北的张姓老汉也在四墩子村揽工,二人卧羊常在沙梁上碰到一处。张老汉见王有伶俐,就用树枝在地上画笔道,升升斗斗教他认下些字,后来又教他《百家姓》《三字经》,还没念完张老汉就走了。

李季的好友,盐池著名的民歌作者王有。(佚名摄)

王有虽认字不多,但他的记忆力很强,看戏听书很多段子一次就记住了。王有从小就喜欢皮影、秧歌、秦腔,哪个村开戏,不管多老远他都跑过去,在响吹细打中琢磨着那其中的唱段。戏散了高一脚底一脚摸回家已是后半夜,躺上个把钟头又爬起来去干活。

王有自己能编快板,村里农民都知道,你给他说个事儿叫他编词儿,他低头想一会儿就有了。

王有手巧,会做葫芦头二胡:把葫芦两头切了,大头那面蒙上羊羔皮;葫芦上打个圆眼儿,二胡把子从眼儿里穿过去。

1939年他婆姨病逝,又赶上那一年年成不好,王有带着十几岁的儿子给雇主放羊。"数九寒雪滩里站／身上没有好衣穿"——他根据自己的生活经历所编的《父子揽工》被当地百姓传唱。

他编的民歌也很形象生动:"绸缎帽子戴得端 / 二饼子眼镜眼上悬。"(《寡妇断根》)"家家要把子种留 / 下了大雨套牛耧 / 手拿鞭子嘴喊牛 / 两个眼睛看稀稠。"(《四季生产歌》)

王有用"顺天游""打宁夏调"等旧曲填上自己的新词。在四墩子村的草坡上,王有拉着葫芦头二胡给李季唱民歌。李季从王有的民歌中受到了新的启发。

李季与王有感情深挚,1962 年回三边时专程到盐池看望阔别十七载的老友。屋里很冷。午后,从窗子打进来的光照亮了王有黝黑的、布着网状皱纹的脸。王有穿着打了补丁的棉袄,戴顶油腻腻的旧毡帽,胳膊肘支在粗糙的没漆过的柳木桌边。小锅腾着热气,李季与王有用崩了瓷的搪瓷缸喝着热热的老砖茶。王有一根根吸着廉价的烟卷。忆往事言当下,两人一直聊到掌灯时分。

分别的时候到了,李季紧握住王有皴裂结实的手,忽然,王有凹陷的眼窝中滚出的泪顺鼻窝嘴角冲了下来。

三边春天一刮风沙数日不停。昏沉的日光里唯见黄水、黄土、黄天、黄风。当地有两首民谣:"三春期(春风、春

1962年，李季回三边，专程到盐池看望阔别十七载的王有。那一个午后，屋里很冷，夕辉从窗子斜射进来，两位老友谈得特别畅快。（左一为王有，右二为李季）

雨、春寒）黄风天天刮，正遇亲亲难活你走呀！"老黄风来了，"刮得拦羊娃娃钻山洞，刮得牵驴老汉倒栽葱"。在1940年3月的定边大风沙中，有三个农民和一千多只羊死亡。"六月年馑一晌午。"夏季农民怕的是雹子，雹子要是把庄稼砸了，这一年都颗粒无收。到了冬天三边又特别冷，人的筋骨都瑟缩着。

虽然艰苦，但在三边待久了，李季已经习惯并亲近了黄沙窝山圪塄里的生活。起了大沙暴，他知道怎样通过看星看树看积雪看水流不迷失方向。

秋天，他常沿海子拨开出穗的冰草、芦草，从水边小路进到两山之间的山塌,走到沟口,远观一个个馒头形的、四边陡顶上呈台状的山势,近瞧脚下金黄、苍黄、焦黄的草色。

"黄蒿苜蓿芨芨草,是咱庄户人过光景的宝。"农民离不开草;他也很喜欢草,能认出很多种野生植物。公家人到老乡家借宿,他先拿上柳木扁担杨木桶把"四担缸"挑满,再到房前房后,拔上些糜草、席芨草、串铃草,三扭两捆绑出一个草枕头。

他常到坡上满满地采一筐有子草、苜蓿草喂老乡家的小羊羔——他太喜欢小羊羔了,他摸它们抱它们,小羊羔咩咩一叫,他的心又软又暖。

"出门的狐子回家的狼"——这在当地被认为是吉利的征兆。他刚还在看对面崖上的一个野雀子窝呢,一低头在道边的榛柴棵子里又见了一只白头灰身子的小狼。

青黛色的岗地、丘陵在晚霭中逶迤盘曲。浅灰色的羊卵卵草连成了片。抬眼望去,绳样的回村小路上只他一人。"东山上点灯西山上明,三十里平川瞭不见个人。"快五年了,他多少次在萦纡蜿蜒的乡道上独行。

"头伏萝卜二伏菜,到了三伏种荞麦。"荞麦生长期短,下种后两个月就结籽。三边山大坡缓通风良好,这有利于荞麦开花时的授粉。

山湾下大漫坡上荞麦的籽儿稠稠的。向晚的风轻拂着赤金色的麦穗儿，穿过坡岗下那一大片荞麦地，在回旋于耳的风声中，他似乎听到了麦粒坐仁儿时发出的沙啦啦的响声。

黑土、白土、青土、黄土，庄户人捏一把土在手里揉搓着，手感着它的生、熟、强、弱。谷三千，麦六十，好豌豆，八个籽，赶上好年胜景，一株有三千余谷粒的穗穗耷拉着脑袋。阳坡麦子阴坡谷，阴山豌豆阳山糜。"七月犁田一碗油，八月犁田半碗油，九月犁田啃骨头。"那些耪地、浇园、垒堰、打场的农民都清楚，千锄生银万锄生金，只要吃下苦，多孬的地也能让它有好的收成。

牙齿尽脱，双腮瘪陷的老汉笃定地站在老牛旁。猴女子穿着小碎花蓝布棉袄，擓着装花糕的柳条篮。夏种秋收，后生从山洼里向外背荞麦。一场又大又急的豪雨，老汉狠狠打着牛腚，装得满满的二饼子牛车在泥淖中挣扎。喜鹊乱叫阴雨天到，用木橛子刮铁锹上黏土的汉子正仰头望天盼着一场好雨。

还有那些个铁匠、铜匠、木匠、石匠、漆匠、皮匠、绳匠、砖瓦匠、毛毛匠、箍辘匠、纸活匠……这些久远的民间技艺和顺天游一样一直在乡间流传。

揭地、碾场、开荒，打绳、编筐、编筛子，栽柳树、打马茹、种南瓜……道不尽的乡村细节他不但熟悉且倍感亲切。

二十多年后的"文革"，白天他"接受审查"，有一晚他忽然对小儿子说："我教你糊个小纸盆。"

用水把纸片泡烂，找一个脸盆当模子，二人从水里捞出湿纸片一层层贴敷在脸盆上，纸盆干了在外边糊上一张好看的纸。他说这是跟三边的婆姨们学的。她们用纸盆或做针线筐箩或放粮食。以后若有机会去三边看老乡们做的泥火盆：把头发、麻刀、黍子穗穗剁碎了与黄胶泥搅拌在一起，匀匀地糊在铜盆上，阴干后慢慢取下就是一个泥火盆。冬天往炕上的泥火盆里添上几块炭，猫也凑过来取暖，有时不小心就把胡子给燎了。

那晚因糊纸盆他又说起张登贵、杜芝栋、王有，说起死羊湾那个老油坊，说起索牛牛草马奶奶草，说起去"北草地"在二饼子牛车上十几个小时的颠簸……

在靖边时，镇靖村一老汉送给他一个铜烟锅子，他与庄里人在土坪的坡坡上晒太阳时，总用这个烟锅吸小烟叶。庄里人向"李同志"絮叨着老辈儿的事和现今的舒服

(高兴)事麻烦(烦心)事。

李季常听农民歌手、听老伞头唱山歌。与老长工、拦羊汉拉话到后半夜,就盖上羊皮袄与他们一起打筒筒睡了。归鸦绕树时分,他还常和拦羊汉一起跟在回村的羊群后,听他们从村西数到村东。自然,少不了老冯家老孙家家里那些三哥哥四妹妹的话头。

"交朋友交了个拦羊哥,索牛牛马奶奶都给了我"——这是他在靖边听一老乡唱的。索牛牛马奶奶是两种可食用的野生植物。提起这两句他回忆着:粮食短缺的年代,在山上放羊的拦羊哥哥脖儿上的土布褡裢里装着窝头、谷米,烧羊奶子黏饭用的火镰、铁马勺,还装着采到的小细棍棍状的、又脆又甜的索牛牛和两头细中间粗、能挤出牛奶味白汁液的马奶奶。自己舍不得吃,全攒着。"我的哥哥好心肠,羊肚子手巾包冰糖"——情妹妹很骄傲,因为情哥哥把这些好吃的都留给了她。

"树叶叶落在树根底,走江湖亲的还是三边的圪圪里。"在 20 世纪 50 年代末至 60 年代初完成的《当红军的哥哥回来了》《向昆仑》中,李季以锦簇感奋的诗句怀恋着三边,怀恋着顺天游:

人说三边风沙大,
终日里雾沉沉不见太阳。
这话是真也是假,
没风时沙漠风光赛过天堂。

平展展的黄沙似海洋,
绿油油的草滩雪白的羊。
蓝蓝的天上飘白云,
大路上谁在把小曲唱?

鸡娃子叫唤狗娃子咬,
当红军的哥哥回来了。

山羊绵羊五花羊,
哥哥又回到本地方。

千里的黄河连山川,
好地方还数咱老三边。

亲不过爹娘一片心,

三边是咱的命根根。

…………

我呵我爱的歌儿是顺天游,
这歌儿曾经陪伴我多少年。
就像马兰草的千万条须根,
它使我扎在三边的黄沙滩。

顺天游呵不断头,
千遍万遍听不厌。
多少欢笑多少泪,
清风长夜不安眠。

…………

说盐池,说定边,
说罢吴旗又说张家畔。
三边的山呀三边的水,
望不尽的柳树丛黄沙滩。

李季以三边生活为题材所写的叙事诗《当红军的哥哥回来了》。

说羊群,说骆驼,
挖不尽的甘草驮不完的盐。
二毛筒子老羊皮袄,
彭滩的黄米靖边的荞麦面。

"我在三边获得了最初的温暖。我是先爱上了那里的百姓才爱上了那里的民歌。"站在穷苦人一边,怀着殷殷的爱为底层人民做点事。这个农民的儿子,父亲给他取乳名"小蒿子"——他出生后差点被搁在家乡河滩的荒草里;现在,他成了一株融入三边五道沟九里滩的壮实的蒿草。

1945年隆冬,盐池夜间的气温已降至零下二十几度。结束了一天的公务,二十三岁的李季在油灯下铺开马莲纸开始了《太阳会从西面出来吗?》的写作。他是先睡一会儿,夜半便起。捆住脚头的被筒很薄,是为了二更天能把自己冻醒。故事的结构线索早已酝酿许久。写着写着手脚冻麻了就凑向铁火盆烘一烘。自11月初至12月初,三部十二节近千行的长诗脱稿。

"王贵"这个名字是乡里最普通的,"香香"这个名字是偶然的一个机缘。某日县长外出,小通讯员几次来向李秘书问字,他就与小通讯员聊起来。

"我原是被拔兵准备上前线的,后来说我年龄太小,就给留在县上做了通讯员。"

"你问这些字作甚?"

"拔兵前家里给我问下一个猴婆姨,想给她打个信。"

"你那没过门的猴婆姨叫个甚?"

小通讯员迟疑了一下,说:"叫香——香。"

"山上的泉泉又遇大雨/边边道道往外溢。"下笔的当儿,思绪似七月圪梁梁上四处伸展的藤蔓。"山丹丹花来背洼洼开,有那些心思慢慢来"——他描摹着他所熟识的许多个长着俊脸脸的"香香"们那朝露珠儿般晶莹的寸肠心曲。

20世纪三四十年代的延安

　　数年收集的民歌没有闭锁在小本里，它们一直在他心里静候着灿烂。从延安到靖边一路听张登贵唱的顺天游，靖边杜芝栋唱的顺天游，定边、安边、吴旗、盐池的女子、婆姨，拦羊的老汉、收秋的后生，大花轮车、二饼子牛车的赶车者——庄户人在载育过一代代生灵的老三边沙原上唱过的顺天游一波波从他脑际里趵突而出——他不仅向乡亲们学了民歌，他还从三边的乡土中悟到了像黑麦草红豆草一样自然从土里生发出来的、充满生命力的民间生活精神。

　　靖边完小周围有三条水道：北河湾、东河湾、南河畔。随山水冲下来的泥土在河床、河畔沉积后慢慢变成了褐红

图为靖边完小以南的东芦河。该河当年叫南河畔。靖边完小周边还有两条水道：北河湾、东河湾。"沟湾里胶泥黄又多，挖块胶泥捏咱两个；捏一个你来捏一个我，捏的就像活人脱。摔碎了泥人再重合，再捏一个你来再捏一个我；哥哥身上有妹妹，妹妹身上也有哥哥。"1943年李季在靖边时，正是在这三条水道边漫步时对这几句诗有了最初的构思雏形。（张平摄于2017年）

色，当地人称"娃娃泥"。1943年在靖边，李季课余常带着学生到这三条小河边。河边有很多"娃娃泥"。一个比他还长两岁的学生给他说了一段从他大那儿听来的民歌：

　　沟湾里的娃娃泥多，
　　拿来它把泥和。

和起泥来捏你我，
捏得好像活人托。

捣烂泥人再重和，
捏一个你来捏一个我。

这几句他记下了。"情郎是土妹是水，和来捏做一个人。"这句是他曾收集过的。

沟湾里胶泥黄又多，
挖块胶泥捏咱两个；

捏一个你来捏一个我，
捏得就像活人脱。

摔碎了泥人再重合，
再捏一个你来再捏一个我；

哥哥身上有妹妹，
妹妹身上有哥哥。

1946年夏,长诗在《三边报》以《太阳会从西边出来吗?》为标题连载。区乡干部、老百姓甚是喜欢,纷纷传阅。图为当时群众购买报纸的情景。

长诗中这一段的构思雏形,正是1943年李季在靖边完小附近的小河边形成的。

1946年夏,他将诗改编分段,在《三边报》以《太阳会从西边出来吗?》为标题连载。区乡干部、老百姓甚是喜欢,纷纷要求增印。然而他将稿子投给《解放日报》时并不顺利,编辑没太认真看;另外也觉得太长,稿子被顺手搁一边了。

从花马池盐湖装满盐的脚户吆着牛在草滩上唱着:

一道道水噢,
　　一架架山,
　　穿山越岭到三边。
　　三边地方有三宝:
　　咸盐、皮毛、甜甘草。
　　万宝囊噢宝贝多,
　　咸盐要算第一个,
　　嗨呦呦,
　　咸盐要算第一个。
　　…………

忽然他转了调:

　　公元一九三〇年,
　　有一件伤心事出在三边。

　　人人都说三边有三宝,
　　穷人多来富人少;

　　一眼望不尽的老黄沙,

《王贵与李香香》原来的标题是《太阳会从西边出来吗?》,《解放日报》副刊编辑黎辛建议作者改为现在这个更为醒目的名字。图为李季与黎辛于1950年的合影。

哪块地不属财主家?

一九二九年雨水少,
庄稼就像炭火烤。

瞎子摸黑路上难,
穷汉就怕闹荒年。

荒年怕尾不怕头,
第二年春荒人人愁。

…………

是三边的乡亲们最先用顺天游的调子唱着王贵与李香香的故事,这对他是最高的褒奖。

1946年8月,《解放日报》特派记者刘漠冰到三边采访,途中搭车,他听到脚户唱着一首他从未听过的牧歌风味的民歌。他向脚户打问你唱的是甚?脚户给了他几份石印的载有《太阳会从西边出来吗?》的《三边报》,两页读毕,他很受震动。他去定边找到1946年4月已调任《三边报》社长的李季。

"为什么没投给《解放日报》?"

"投过,没信儿呀。"

刘漠冰当即写了一纸情况说明连同稿子寄回报社。编辑部收到刘漠冰的信很快核对,新寄来的稿与他先前所投的稿是一样的。

1946年9月22至24日,《解放日报》连着三天连载了长诗。连载前,副刊编辑黎辛建议他把标题改为《王贵与李香香》。

1944年在延安发表了《荷花淀》《芦花荡》等短篇小说的孙犁撰文:"李季的创作,在文学史上,这是完全新的东西,是长篇乐府。这也绝不是单凭采风所能形成的,它集中了时代精神和深刻的社会面貌……他不是天生之才,而是地造之才,是大地和人民之子。"

《三边报》是一张八开的三边地委机关报。李季调任《三边报》社长时,报社只有一台石印机。人员不足十位:两名缮写人员,两名印刷工,采编人员有曾任定边完小教导主任的刘山和他在靖边完小教书时的同事姚以壮。

那时李季已会唱很多顺天游的曲调。他写道:"说起'顺天游',由于对三边人民生活、语言接触较多,感受较深,我不仅是一个单纯的搜集记录者,我还能和乡村干部,和赶毛驴的脚户,以及那些在崖畔上在河滩里放羊的老汉即兴编唱新词,用顺天游问路、交谈。"

据刘山回忆,一次他俩到一个小村访问,李季走到一户向一个婆姨讨水,那婆姨像是没听见,隔了一会儿她唱道:

> 愣小子见人不礼貌,
> 不叫姐姐也不叫嫂嫂;
> 井里有水你自己绞,
> 没空空和你多闲聊。

1947年由晋察冀新华书店印行的《王贵与李香香》。

他带着河南腔随口即唱：

> 百灵雀雀绕天飞，
> 听见曲儿也像喝上水。

> 耕罢地牸牛树凉凉里卧，
> 你不知喝不上水的人心难过。

那婆姨回身进窑端出一小盆清水。

李季在靖边完小教书时，姚以壮也是该校教员。1946年二人又同在《三边报》共事。图为李季与姚以壮1955年冬于银川的合影。

1947年3月，宁夏的马鸿逵集结了三个旅共一万四五千兵力进攻三边，27日占领了盐池；4月3日定边县城陷落，三边地委撤至吴旗；4月7日安边县城陷落；8月13日定边第二次陷落。

马鸿逵进攻后，原设在定边县城城西杨铜匠家的《三边报》转移到陕甘宁三省交界的大山里，成了流动报社。报纸有时是大张的，有时是小张的。无论人员多少，情况多紧急，出报从未间断。常常是白天行军夜里印报。行军时李季的全部家当，是背包中打着的一条薄被，一块薄毯，一双鞋，一个洋瓷碗，以及与他须臾不离的搜集顺天游的小本。

报纸平时是石印，战争开始后改油印。毛驴的驮子上一边是破旧的油印机，一边是油墨、蜡纸和成捆的有光纸。

吴旗很荒凉，"吴旗川来不好盛／风吹树响慌死个人"，当时《三边报》常在这一带活动。一次马鸿逵离他们只有三十几里了，《三边报》迅速撤离。那夜下着暴雨，山陡路滑，驴在半山腰走着走着忽然就滑到沟里。别人都说算了，沟那么深肯定找不到了，但他坚持一定要找。黑暗中他绕了很远下到沟底，终于在齐胸的草棵子里找到了驴和印刷工具——驴还活着。

每回后有追兵要迅速过梁钻沟，他都将十几本近四千余首自靖边始搜集的顺天游打在背包里。记民歌的小本是自己做的：用线把裁好的浅灰色马莲纸钉在一起。为了节省，每页都写得满满的，粗糙的纸上字只有绿豆那么大。

可这次转移时他高烧不退，走路打晃，也没有药。报社辎重多，他只得把十几个记民歌的小本打进背包，另

在定边县城城西的《三边报》旧址。（李江树摄于2016年）

八九本拿破布一裹放在老乡家一口闲置的缸里，上边盖了些柴草。他们刚跑出村马鸿逵的兵就到了。

情况突然，《三边报》人员走散了，他强争着与两个同志攀上附近的一座小山。狼牙刺酸枣丛把他们的衣服剐得烂糟糟的。他于昏昏沉沉中死死抓住一株老柠条。抬眼下望，他看见村里寄存顺天游小本的那片房舍腾起了冲天的烟尘——马鸿逵将民宅付之一炬。他垂下头，顺树干一滑，重重地跌坐在深可及腰的黄蒿丛里，手被又尖又细的柠条刺扎得全是血道——被烧的那些小本中的千余首顺天游，是他用近五年的时日，翻过一道道山，攀过一道道梁，一个字一个字辑录而来的。许多年后提及这事仍令他心痛如剜！

1948年1月，李季奉调到位于绥德义和镇霍家坪村的《边区群众报》。这期间，该报的几位同事成了他一生的挚友。同住一个窑洞的记者张光年龄小，夜晚他常给这个弟弟掖好被子。当时报社每月给每人发半斤绥德烟叶，吸者自己晒干搓成碎面。张光不吸烟，每次发烟叶都把自己那半斤给了他。1948年5月报社迁回延安，他俩在清凉山又住在一孔窑洞。1954年，张光与他在延安大学的同学，刘志丹的女儿刘力贞结婚。

这其中还有在报社与他一起编辑副刊，专事美术设计，后成为著名画家的石鲁；1954年出版了长篇小说《保卫延安》的记者杜鹏程；后成为著名诗人的记者赵文节（闻捷）、戈壁舟。

一次过延河，赵文节腿上有伤，他背着赵文节走了十几米，脚一滑两人摔进水里，他的腿肚子被河底的利石划出一道很长的血口子。"手挽手蹚涉雨后的延河／又一同背起背包走向前线。"1963年，他在《向昆仑》中写下了这样的句子。

艰难时代结下的友情是镂心刻骨的。1972年，他自己尚在被审查中，闻听石鲁的情况很不好，他忧心如焚，是年12月他让小儿子赴西安，看能不能想办法去看看石鲁。还是张光想办法带着小儿子进到"美协"阴冷潮湿的地下室。

见老友的孩子专程来探望，石鲁又惊又喜。交谈的时候，突然有一瞬间，石鲁用留恋的眼神向斜上方的高窗看去，并在一瞬间凝定在最后的一线夕晖中——戴着高筒旧毡帽、被光打亮的身躯好似一座雕像。

小儿子回来后说："潮湿昏暗的地下室只有一个又高又小的窗，下午快五点才有一束斜阳射进来。石鲁伯伯脸色惨白，很瘦，总是咳。"他听后许久都没说话，表情甚为痛苦。

1946年4月至1948年1月，李季任三边地委所办《三边报》社长。这期间，他仍在工作之余搜集着顺天游。

图为《边区群众报》编辑部在报社所在地绥德义和镇霍家坪村的合影。

张潮　黄修一　杜鹏程　胡绩伟

林朗　田方　闻捷　戈壁舟　高向明　张光　李季　柯蓝

146　顺天游

李季与张光1948年同在《边区群众报》。该报1948年5月迁回延安后,他俩又在清凉山住同一个窑洞。图为1978年李季夫妇与张光在北京的合影。(李江树摄)

1976年"文革"已结束,陕西仍认为石鲁"问题复杂",不予平反。1977年4月,石鲁因严重的肺结核住进北京通县(现北京市通州区)结核病院,李季知道后连着两次前去看望。"少壮能几时,鬓发各已苍。"十年未见,两人都很是感慨。1978年石鲁再次来京看病,这期间他定要留石鲁在家小住。临走时石鲁挥毫,为当年半宿半宿在昏黄的油灯下一同合计副刊版式的老伙计留下了一帧对联:"中原厚土／大地耕诗"。

在盐池时他曾写道:

生在河南三边扎下根,
三边人和我是亲弟兄。

甘草根根深又深,
三边人和咱心连心。

"千颗麦子万颗米,子孙世代忘不了你"——这是他在离开定边前记下的民歌。"金疙瘩,银疙瘩,撂不下家乡的土疙瘩。"在他生命落幕的几天前他对家人说:"三月草长,三边的蒿瓜瓜、苜蓿草一定是遍野萌发了,我真是

1977年4月26日下午,在北京通县结核病院住院的58岁的石鲁见到十年未见的老友李季时甚为激动。(李江树摄)

很想回去看一看呀。"

辞世那天的凌晨,他还伏在桌上书写着对三边的牵念:

> 我爱三边沙塬绿格萋萋的沙柳丛,我爱勤劳淳厚的三边人。"一曲顺天游,梦魂到三边",就是在相隔三十多年后,它仍不时出现在我的睡梦里……在艰难的岁月,在胜利的时刻,日日夜夜,生生死死,我被磨炼成一个道地的三边人……三边沙塬成了我的第二个故乡本土,三边人民成了我相依为命的亲人。

石鲁与李季曾共同编辑《边区群众报》副刊,这以后他们成了一生的挚友。图为1978年石鲁来京看病期间在李季家小住。(李江树摄)

　　三边的乡亲们用黄米、剁荞面,扁豆捞饭熬酸菜,红豆角南瓜汤养育了他。他在"陕北之北"的圪梁梁崖洼洼与平缓开阔、一个小山坡连着一个小山坡的草山梁间采集和用民歌写作。他深深融入了三边,或者说他已是三边的一部分了。他于心之一隅对近五年的三边时光勒铭以记,他一生都由此汲取着滋养。他为自己挣到了一份"三边人"的光荣!

　　民歌是他生命中的源头活水,民歌已内嵌于他的生命。艰难的青葱岁月，他从乡间搜集来的民歌是他献给时代、历史的拱璧珍宝。《王贵与李香香》为民歌增添了色彩，民歌照亮了他的人生。

顺天游是自然的化育，是蚌中的珠贝，是千千万万陕北农民心中的歌。它如璎珞般钟灵毓秀，靡丽夺目。它从黄土塬、黄土墚、黄土峁、黄土川上或高亢或悱恻地远扬高飞，变为钉在天上的一颗黄灿灿的星。它朗照着山川沟涧、草滩盆地、海子湖泊、硷畔坪场，朗照着花棒草、沙蓬草、牛星羊巴子的草、沙蒿蒿林。

弦歌不辍，畴昔的光彩在时间的深渊中留下了印痕，漫漶的时光没能使它蒙尘。于今，古老的顺天游依然在绵密顺滑的民歌诗学中给我们带来既具地域特色又质朴悲辛的美学震动。

"抓把黄沙撒上天，顺天游老也唱不完。"顺天游世世代代陪伴着三边的乡亲们。李季与乡亲们一起愤懑而歌，愉悦而歌，忧伤而歌，涕零而歌。

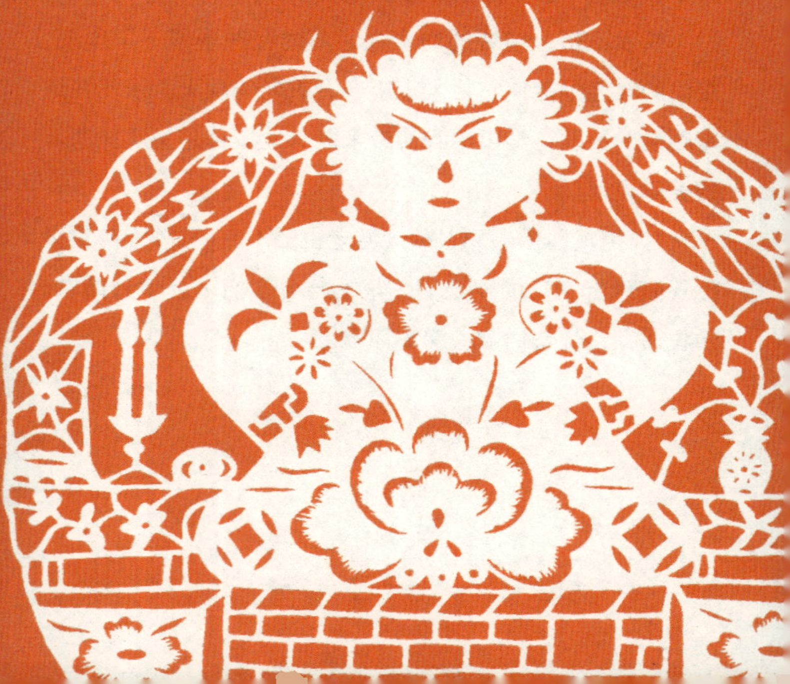

第一辑

千年的顺天游

黄土地里埋

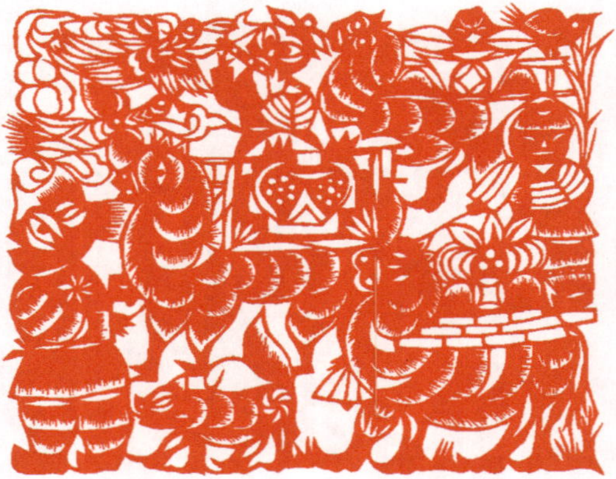

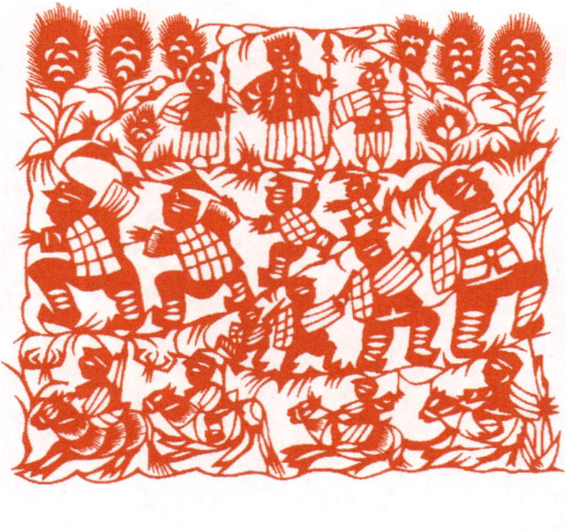

风吹日晒大雨淋,
世上苦不过受苦人。

山沟山梁北风刮,
贫穷人家无冬夏。

天旱世乱遭年成,
捣烂树杆磨面面过光景。

苦菜芽芽苦菜根,
苦不过咱们受苦人。

缰绳短来撇绳长,
地里的庄稼背上场。

暑伏的太阳当头晒,
锄地人没个草帽戴。

数九拦羊坑里站,
衣破鞋烂冻得打战战。

树杆磨面就野芹,
赶上毛驴驴度年馑。

当天下雨四边晴,
就怕遭下歪年成。

双眼流泪袄袖袖开,
受苦人的命老天来安排。

天上的星星颗颗明，
地上的人儿数我苦命。

焦头头筷子泥糊糊碗，
你看咱受苦人难不难？

东边日头背到西山，
这样的苦日子多会儿能完？

崖畔上开花崖畔上红，
受苦人盼着个好光景。

东山的糜子西山的谷，
山坬坬里笑来山坬坬里哭。

人人都说出门好，
出门人的难谁知道？

月苗出来一点明，
出门人儿谁照应？

三天刮了两场风，
咱出门人儿谁心疼？

拔起黄蒿带起根，
丢下娃娃出远门。

老羊皮袄顶铺盖，
光景逼咱走口外。

背起那铺盖哭上走，
泪蛋蛋流得抬不起个头。

羊肚子手巾三道道蓝，
出门容易回家难。

正月出门树芽芽发,
树叶叶落尽回不了家。

七月的太阳毒又毒,
为甚赶脚的人命这样苦?

芦花花公鸡叫天明,
何一日能盼到好光景?

走头头骡子响鼻喷,
出门人由事不由人。

蛤蟆口灶火干柴烧,
走头头骡子病了我心焦。

出了大门往东照,
只想哭来不想笑。

千座圪梁梁万架沟,
鞋底磨穿跟着驴腚走。

青山跑成白路了,
一双鞋底磨透了。

过不完的河望不断的天,
赶脚的营生实可怜。

又费袜子又费鞋,
到老跑成个柳拐拐[1]。

大河畔上胡燕窝,
可怜出门人没老婆。

---

1 **柳拐拐**:陕北方言,罗圈腿。

九十月沙蓬挛成蛋,
没老婆哥哥难存站。

骡子走头马压把,
光棍汉的光景没过法。

人家有家我没家,
无根的沙蓬往哪儿刮?

九十月沙蓬无根草,
刮在哪垯哪垯好。

给马备下了花褥子,
这一回走了没日子。

白格生生蔓菁背圪垯里种,
我这回走了不知吉凶。

一碗碗凉水熬红茶,
赶脚人穿州过府顶黄沙。

山羊绵羊五花羊,
回到保安看老娘。

张家畔起身刘家峁站,
峁底里下去我把亲人探。

扬起鞭子走草沟,
小沙锅子熬羊肉。

走一道圪又一道圪,
圪圪底下种胡麻。

走一道村又一道村,
个个村里狗咬人。

走一道河又一道河,
河上一双双戏水鹅。

走一道坟又一道坟,
座座坟里埋死人。

二饼子牛车拉沙蒿,
一对对毛眼自来包。

二饼子牛车拉白菜,
小妹妹坐在车辕外。

二饼子牛车膏上油,
捎上妹妹到包头。

二饼子牛车膏麻油,
路过"眊眊"旧朋友。

二个哈啦啦饼车子
　毛格牛牛拉,
赶黑要到"四卜树沙"[1]。

三尺的鞭子四尺的梢,
甩出的鞭响顺沟飘。

黑老鸦落在猪食槽,
唱上几句解心焦。

山里人走不完黄土道,
哼一段酸曲泪蛋蛋掉。

---

1 四卜树沙:地名,靖边与绥远接壤处的站口。

大鞭子轰着牛车跑,
一葫芦烧酒去烦恼。

天上的星星三颗颗亮,
咱出门的人儿好凄惶。

三月里太阳红又红,
为甚赶脚人这样苦命?

骡子走前马走后,
赶脚人上路没春秋。

老天爷下雨四角角晴,
老天爷保佑咱有个好营生。

老天爷爷你睁睁眼,
几时能回到本地面?

牛走大路虎走崖,
这一去不知甚时才回来?

天上反来地下乱,
什么人赶咱走老山?

吆过牲口开过店,
眼看黄河一条线。

铁锅砂锅熬羊肉,
赶上牲口走山后。

小锄锄谷子三寸高,
唱上个酸曲解心焦。

西北风顶住个上水船,
破衣烂衫我跑河滩。

苟池海子装盐瓦窑堡卖,
剩下些零头买腿带。

盐海子驮盐洛川卖,
绿崭崭的裤儿要买回来。

走了回洛川没赚下钱,
骡子的脊梁都压烂。

骡子备起拉上走,
妹子哭得泪长流。

枣溜马儿羊皮鞭,
想起妹妹往前撵。

骡子卖了马留下,
伙计打发你盛(住)下。

骡子卖了马不盛,
打发了伙计我活不成。

走头头毛驴当院里站,
急得妹子出了一头汗。

井台上打水草绳绳短,
爹娘死了我没人管。

二哥哥来了你不要走,
我给你扫槽喂牲口。

白脖子狗娃朝南咬,
赶骡子哥哥回来了。

赶脚的哥哥真受罪,
歇下来常在外面睡。

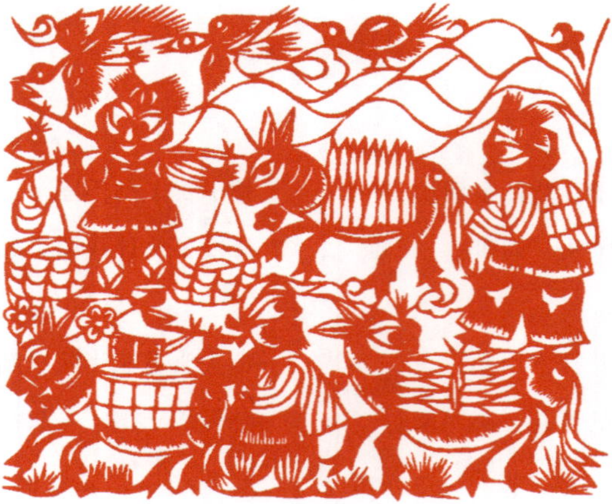

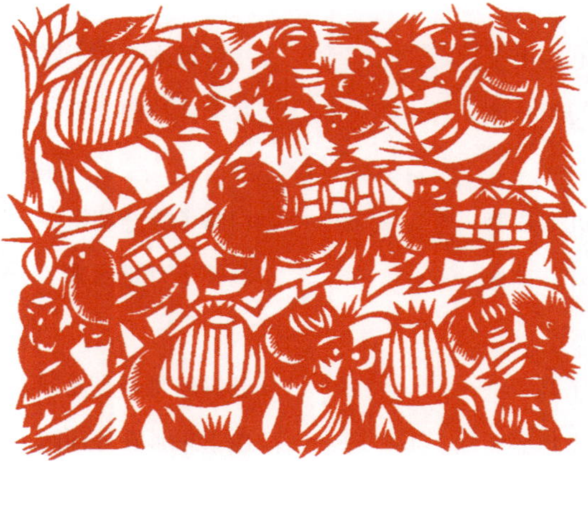

舀水葫芦瓢沉不了底，
哥哥你走多久我才能见到你？

你走东来我盛在西，
一道小花溪让咱两分离。

长腿鹭鸶沙梁上站，
有朝一日我走大川。

一道道山来一道道川，
赶上骡子走三边。

走一回三边十几天，
头一站住在走马湾。

二一站住在江家砭，
江家砭起身放大站。

枣溜马儿羊皮鞭，
铁边城里去看兰兰。

走头骡子串铃响，
花马池去把大盐装。

走一回花马池买一回盐，
干妹子想你在大门口上站。

盐池装上盐甘泉卖，
不为赚钱为看你来。

铃儿响来鞭子掼，
我的情人放大站。

你上三边装一回盐，
干妹子想你崖上站。

侧棱棱睡觉仰面面听，
听见我二哥哥的驼铃声。

十冬腊月下大雪，
不知哥哥在哪垯歇？

沙毡下面铺些草穗穗，
谁知道哥哥受这些罪。

粉刷白墙画条龙，
哥哥出门谁心疼？

山头荞麦遍地红，
出门的哥哥天照应。

一把拉住哥哥的手，
说下个日子你再走。

牛走海子羊走沙，
你出远门我守家。

羊羔羔跌下前垴畔，
哪个女人不想自己的汉？

青油点灯羊油蜡，
我那哥哥咋还不回家。

干叶叶南瓜蔓蔓引，
老天爷保佑我那出门人。

对面面圪梁梁上是个谁，
莫不是哥哥从绥远回？

哥哥出远门不给妹子说，
无根子沙蓬不知哪垯落？

前山里有雨后沟里雾,
照不见哥哥走的哪条路。

东山上点灯西山上明,
四十里平川瞭不见个人影影。

骡子走头马走后,
我不信你的心赛石头。

天黑下雨四下里暗,
出门的人是铁心汉。

养女子的人儿记在心,
再不要寻个出门的人。

出门的人儿心好狠,
三年五载不回村。

沟沟峁峁任你走,
为等你站烂了大门口。

红马河桥上的桥塌了,
丢下了苦命的冤家了。

天上乌云搅黑云,
什么人留下人想人?

南山顶顶上起乌云,
难为不过人想人。

想你想得眼发酸,
有心见面路太远。

想你想得身子瘦,
腰带绳绳往里收。

不是我脚上长了疮，
跟上哥哥走南梁梁。

天上星星三颗三，
唱上个酸曲曲解心宽。

青草草开花一般般高，
唱上个酸曲曲解心焦。

辫子梳成个水漂头，
弹曲子小唱解忧愁。

山羊皮袄盖肚子，
有了心事唱曲子。

不唱酸曲子不好盛，
想妹妹就把酸曲哼。

石榴开花叶子黄，
越唱酸曲越心伤。

家里唱曲展不开音，
外头有个狗听门。

唱起酸曲调起个音，
驴耳朵耸起把鼻鼻喷。

你叫我唱曲子也不难，
只要我能常常把你看。

走头毛驴爬山坡，
这回走了一月多。

来了来了真来了，
对面梁梁里下来了。

走头毛驴上梁塬，
妹妹忙把红鞋换。

听见下川马蹄响，
扫炕铺毡换衣裳。

听见哥哥唱一嗓，
浑身打战胆气旺。

听见哥哥南梁上唱，
妹子心里好敞亮。

羊肚子手巾水上漂，
你不会唱曲我给你教。

旧瓶瓶里装新酒，
永远唱不完的顺天游。

普天底下都唱遍，
回来又唱它三五年。

天呀，地呦！
家呀，人呦！

天上火烧云，
地上麦苗青。

灶火里没柴盆里没有面，
炕上没席哪来的毡？

冷子（冰雹）打墙冰盖房，
露水夫妻不久长。
管它久长不久长，
哪怕是三天两后晌。

男人忧愁唱曲子，
女人忧愁动剪子。

骑马不骑马条条（小马），
交朋友不交猴小小（小男孩）。

骑马不骑带驹驹马，
为朋友不为猴娃娃（小娃娃）。

好烧的麻柴不如炭，
好婆姨好汉才长远。

黄土盖房沙打墙，
天是老子地是娘。

要饱还是家常饭，
要暖还是粗布衫。

一棵桃树两条根，
两个身子一条心。

一颗荞麦三道棱，
三十三颗荞麦九十九道棱。

黄蒿苜蓿芨芨草，
是咱庄户人过光景的宝。

三边好，出三宝：
青盐皮毛甜甘草。
吃靠它，穿靠它，
它是咱们的命疙瘩。

割一把糜子弯一回腰，
喝口凉水还是娘家好。

紫红犍牛自带耧,
坐娘家容易回婆家愁。

再亮的月儿不顶白天,
再好的婆家不如在娘跟前。

娘家好盛不叫我盛,
叫我回婆家过光景。

黑乌鸦落在烟洞口,
坐娘家欢喜回婆家愁。

大河畔上捞冰片,
想起亲人照针线。

桃花眼眼绣花的手,
做下针线留想头。

这山望见那山高,
那山有棵好樱桃。

樱桃好吃树难栽,
朋友好交口难开。

太阳上来穗穗儿长,
你无老子我没娘。

二道糜子碾三遍,
我自小就爱庄稼汉。

洋烟苗苗柳树梢,
心思对了慢慢交。

打碗碗花儿满地开,
你有那心思慢慢来。

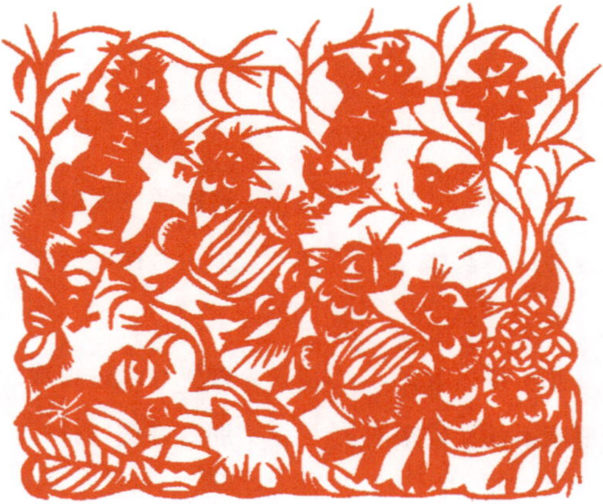

山丹丹开花背洼洼红,
你有那个心事慢慢对我讲明。

二黄糜子紫格蓝蓝草,
心事好来咱慢慢交。

羊走羊路人走畔,
四妹子爱上拦羊汉。

三行鼻涕两行泪,
你亲口叫过我干妹妹。

鹁鸪喝水找山溪,
十三省地方挑下你。

海子畔上灵芝草,
十三省地方数你好。

我的哥哥好心肠,
羊肚子手巾包冰糖。

羊肚子毛巾头上围,
那不是我哥哥是个谁?

听见哥哥唱着来,
热身子扑在冷窗台。

听见哥哥唱着来,
妹妹心里像梅花开。

听见哥哥脚步响,
舌头舔烂麻纸窗。

清油酸汤蘸搅团,
咱两个好成个面黏黏。

长长的杂面软软的糕,
至死也不忘你的好。

叫一声哥哥你不要走,
撂下妹子叫谁搂?

三哥哥想我满滩滩跑,
二妹妹想你大门上瞭。

双扇扇门来单扇扇开,
叫一声哥哥你快回来。

双手手握刀靠锅台,
酸汤细面把哥哥款待。

手抱住榆树摇几摇,
你给我搭个顺心桥。

手提上羊肉怀揣上糕,
扑上性命也要和哥哥交。

手提上羊肉怀揣上糕,
扑上个性命往你家跑。

马里头挑马不一般高,
人里头挑人就数你好。

煮了一圪嘟钱钱下了一圪嘟米,
实实铁心跟上哥哥你。

好骡子好马自家走,
咱俩的婚姻天配就。

白灵子喜鹊白灵子蛋,
谁不晓得你妹子没好汉。

白灵子喜鹊白灵子窝,
谁不晓得你哥哥没老婆。

你没有婆姨我没有汉,
咱们二人相好两情愿。

三天没见哥哥的面,
拿起根针来纫不上线。

三天没见哥哥面,
手摸心口画眉脸。

三天不见哥哥的面,
对天对地许口愿。

三天不见哥哥的面,
大路上的人马都问遍。

三天不见哥哥的面,
崖洼洼画上你眉眼。

三天不见哥哥的面,
口噙砂糖也像黄连。

想你想得上不了炕,
墙上画下些人模样。

双手手端起三盅盅酒,
叫一声哥哥你不要羞回我的手。

半斤莜面蒸窝窝,
挨打受气为哥哥。

荞面圪饦羊腥汤,
死死活活相跟上。

瞭见村子瞭不见个人,
泪蛋蛋撒在沙蒿蒿林。

九十月的狐子冰滩上卧,
谁知我的心难过。

人家成双咱成单,
好比孤雁落沙滩。

满天的云彩风吹乱,
咱俩的婚事让人搅散。

五谷里数不过豌豆圆,
人里头数不过咱两个可怜!

庄稼里数不过糜子光,
人里头数不过咱两个恓惶!

前沟的糜子后沟里的谷,
哪垯想你哪垯哭。

要得我俩的关系断,
马生角来日头出西山。

我和哥哥相好是心里爱,
哪怕把人头挂在南门外。

生要恋来死要恋,
哪怕阎王来阻拦!

为你我身子挨了打,
青刀子进红刀子出我不怕!

手拿铡刀取我的头,
血身子也和你头对头。

三姓庄外沤麻坑，
沤烂秤砣沤不烂妹妹的心。

黄河无路水推船，
这一回起身咋这么难？

刮了一场风下了一场雨，
不知哥哥你在哪里？

沙梁高来海子低，
撂下别人撂不下个你。

白脖子胡燕朝南飞，
你是妹妹的勾命鬼。

大劳山石头小劳山水，
人家都回你为甚不回？

六月里麻柴烧不着火，
夜夜梦见你来看我。

红豆荚荚抽了筋，
家里门外没人亲。

甜苣芽芽苦菜根，
什么人留下个人想人？

山丹丹开花背圪坬红，
要先交人后交心。

青油灯不亮挑灯芯，
你是我一辈子的可心人。

无根子沙蓬无根子花，
不知我哥哥落哪垯？

雪花花悄悄飘向西,
想哥哥想得泪蛋蛋滴。

灯瓜瓜点灯纸罩罩明,
酒盅盅下米不嫌你穷。

羊羔羔上树吃嫩柳梢,
拿上个性命和你交。

荞麦开花满川白,
越交越热离不开。

羊肚子手巾二尺多,
你回"二岭"记着我。

冰草、菱草、香毛草,
咱二人相好谁知道?

丢下枕头铺下毡,
一个人睡觉咋这么难。

白天想你拿不起个针,
到黑夜想你翻不转个身。

上半夜想你睡不着,
下半夜想你把灯点燃。

前半夜想你吹不灭灯,
后半夜想你盼天明。

擦着洋火点燃灯,
长一个枕头短下一个人。

梦见哥哥睡身旁,
醒来眼泪泡塌炕。

半碗黑豆半碗米,
端起碗来就想你。

端起碗来想起你,
眼泪滴在饭碗里!

马兰开花路旁边,
活人见不上活人面。

一阵阵黄风一阵阵沙,
一阵阵心事乱如麻。

你死我死大路断,
活活地看你也枉然。

墙头上跑马还嫌低,
面对面坐下也想你。

一碗谷子两碗米,
搂着抱着还想你。

黄骠马来白梁替(白鼻梁),
哥哥走了北草地(绥远)。

麻花花头来留锁锁,
明着叫小名暗着叫哥哥。

东山上日头西山上落,
满肚子冤枉对谁说?

枣骝马儿青杨树下拴,
拉话话拉得没个完。

叫一声哥哥你走呀,
谁来亲妹的小口呀?

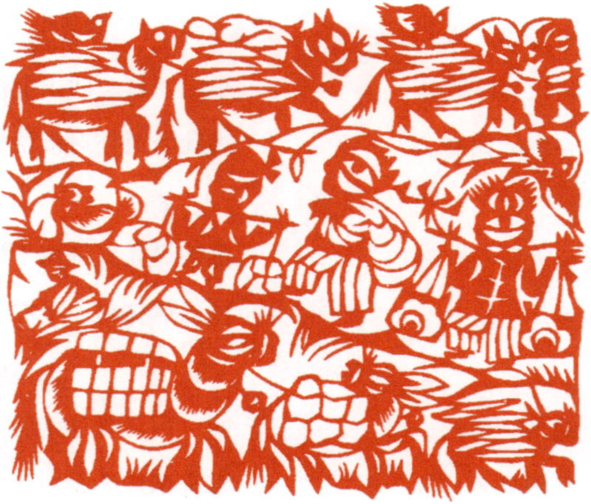

哥哥你走了西安省，
留下个妹妹谁照应？

喜鹊落在树根底，
挨打受气就为了你。

井子里担水院子里浇，
至死忘不了你待我的好。

芦花公鸡啼叫哩，
梳洗打扮照人哩。

青水水鸭子浑水水鹅，
我把哥哥送过河。

九月里麻柴架着火，
昨晚上梦见你和我。

脚踩沙地手扳柳，
我和哥哥没盛够。

羊羔子走路跌进坑，
望瞎了妹妹的猫眼睛。

一年三百六十天，
早起想到日落山。

月亮跟前的红云彩，
哥哥啥时候才回来？

红豆角角熬南瓜，
甚时候能和你到一搭？

燕麦开花棱棱多，
人人都说你和我。

干草喂活真白马,
咱二人相好是天定下。

桃黍高来黑豆低,
阴曹地府配夫妻。

砍断脚骨筋还在,
拄着拐杖仍要爱。

头枕炕栏一对对,
一垯卖脑袋不后悔。

墙头高来妹子低,
爬在墙头照一照你。

灯盏无油倒上一点醋,
当面掺水妹子难受。

白天想你垴畔上站,
到黑夜想你把眼哭烂。

一对对百灵子满天天飞,
多会儿才能见你回。

风尘尘不动树梢梢摆,
梦也梦不见你回来。

雀雀落在榆树梢,
谁不知道咱两个好。

人家都说咱两个有,
咱两个见了就往开走。

开荒种地手扶犁,
撂下我妈也撂不下你。

大河里没水养不住鱼,
妹子离不开哥哥你。

你要走西就走西,
我的话儿你记心里。

有朝一日见了面,
知心话儿拉个遍。

三十里明沙二十里水,
五十里路上看一回你。

红豆开花扯蔓蔓,
哥哥是我的命蛋蛋。

大羊叫唤羊羔儿嚎,
拦羊的哥哥回来了。

羊羔羔吃奶双圪膝跪,
搂上亲人没瞌睡。

一把抓住哥哥的手,
难说难笑难开口。

要吃冰糖嘴对嘴,
冰糖不甜化成水。

油漆锅台花碗架,
虽然见面拉不上话。

红公鸡站在墙头上叫,
想哥哥想得睡不着觉。

想哥哥想得迷了窍,
抱柴火跌进洋芋窖。

想哥哥想得迷了窍,
头枕上夜壶睡了觉。

想哥哥想得迷了窍,
酱油罐子我尿过尿。

三颗星星两颗明,
影绰绰哥哥倚窗棂。

揭开窗帘吃一个嘴,
阎王爷来了不后悔。

叫一声哥哥揣一揣我,
妹子烧成一团火。

你把妹子捏一把,
妹子年轻解不下。

想哥哥想得眼花了,
青苗锄掉留下草。

一对对鸽子满天飞,
想哥哥想成个吊死鬼。

青水鸭子露水鹅,
夜晚上梦见你和我。

刀子斧子我不怕,
单怕哥哥把我丢下。

山羊绵羊五花羊,
你给妹妹买花衣裳。

大红果子十六颗,
哥哥走了想死我。

哥哥心上挽疙瘩，
开心的钥匙妹给配下。

你叫我唱我就唱，
你变毛驴我骑上。

那一天眊你你不在，
提上篮篮掏苦菜。

四方方桌子四条腿儿站，
四个猫眼对着四个猫眼看。

樱桃小口糯米牙，
爱的哥哥没办法。

插门花开背圪坬隐，
先交你那人来后交你的心。

兔子过河沉不了底，
三年五年忘不了你。

三疙瘩牛粪烧着火，
夜夜梦见你和我。

马兰开花两三朵，
弹起弦子想哥哥。

妹子十七哥十八，
啥时咱俩成一家？

听见哥哥脚步近，
手一软折了个二号针。

听见哥哥唱一声，
枕头上睡觉打吃惊。

土块石块点不着火,
知心的哥哥你想死我。

若要咱俩的姻缘断,
除非是黄河的水淌干!

毛蓝布腰裙嘟碌碌转,
想坐娘家撂不下个汉。

半夜听得公鸡叫,
好梦一下子都没了。

蛤蟆口灶烧水烧不热个你,
忘了娘老子忘不了你。

高山的石头低沟里的水,
洛河川咱俩走一回。

三棵柳树两棵高,
你看妹妹哪垯好?

白格生生脸脸太阳晒,
扎花手手掏苦菜。

洋烟地里白灵子草,
哪个也没有哥哥好。

月落西山羊进圈,
干妹子还在畔上站。

数九寒天刮大风,
你站在畔上冷不冷?

煮了羊肝下了米,
路上拾柴瞭瞭你。

对面山里灵芝草,
没良心的人儿不可交。

洼洼塄塄把柳栽,
十指连心离不开。

叫声哥哥撒开我的手,
大家子人多眼窝子稠。

肝花心肺直想烂,
啥日子才能见上面。

叫声哥哥你不要恼,
干妹子年轻说不了。

叫声哥哥你等等我,
你把妹子背过河。

一盘碾子两合磨,
我给哥哥蒸馍馍。

蛤蟆口灶火烧干柴,
越烧越热离不开。

你在山上我在沟,
探不上亲嘴招一招手。

青草牛粪点不着个火,
到死也忘不了你和我。

一疙瘩冰糖化成水,
咱二人好成一对对。

叫一声哥哥你莫走,
撂下妹子叫谁搂?

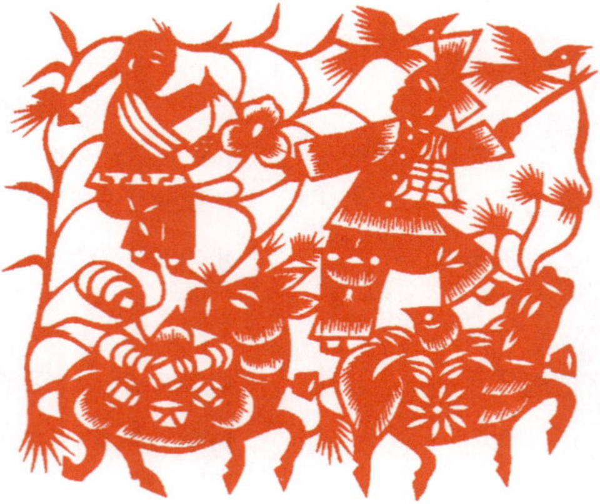

你不嫌臊我不害羞,
咱二人蹚小河手拉着手。

你不怕羞来我也不害臊,
咱俩手拉手去背圪塝走一遭。

涧里的青杨冒得高,
哥哥就是那人梢梢。

一杆梅笛两杆箫,
哥哥吹梅笛呱呱叫。

你拉上胡琴我哨上梅,
咱二人唱上个"常流水"。

买不起马来买上一条牛,
娶不起婆姨你引上妹子走。

阳圪坮圪圪针背圪里艾,
你生得漂亮我不爱。

驴条条(小驴)来肯跌跤,
猴小小(小男娃)来嘴不牢。

清水洗脸镜子里瞄,
你看妹子好不好?

三个钱的线来一个钱的针,
东西多少是我的心。

针线好坏你不要嫌,
绣花鞋垫留想念。

鸭子喝水嘟噜噜转,
想回娘家撂不下汉。

对面圪垯有个喜鹊窝,
人人都说你和我。

麻花头上银铲铲,
人多眼稠说话不方便。

一更里月儿往上升,
哥哥不来干妹子心上格宁宁
(心里不平静)。

绵羊山羊并排排走,
我跟亲人没盛够。

一双红鞋两朵花,
离了哥哥没盛法。

白布衫子没法裁,
越盛越热离不开。

抬起脸脸亲上个嘴,
阎王爷抓走不后悔。

有心留你吃上一顿糕,
上有大来下有小。

半碗豆豆半碗米,
边熬米汤边瞭你。

半碗豆豆半碗米,
端起个碗来想起你。

白天想你吃不下饭,
半夜里想你泪涟涟。

千里的雷声万里的闪,
去看哥哥的路太远。

千里的雷声万里的闪,
不知哪一天才能个见面?

山又高来路又远,
活人见不上活人的面。

山又高来路又远,
不知情郎哥哥在哪边?

你说妹妹不想你天知道,
泪蛋蛋和泥盖起一座庙。

你走南来我走北,
一根肠子撅断哩。

洞洞楼门瓦扣瓦,
因为交你挨过打。

墙头上跑马汗流到底,
面对面睡觉还想你。

水地萝卜旱地瓜,
挨打挨骂我全不怕。

一对对胡燕朝南飞,
你走了北草地我伤悲。

你走东来我走西,
红柳河让咱俩活分离。

空中的鸽子水中的鱼,
十七八的闺女大走驴。

骑驴骑它个大走驴,
交朋友交个大闺女。

憨婆姨生出个俊女子,
圪里圪塄长出了好糜子。

你娘把你生得俊,
十七八岁皮肉嫩。

十七十八大丫头,
少在人群站前头。

你不去剜菜崖畔上站,
穿着红鞋招后生看。

穿上红鞋碇畔上站,
手遮着太阳瞭野汉。

你妈妈打你下手重,
你不该墙头拉后生。

你穿上红鞋黄羊坡上站,
把后生们的心全给搅乱。

你穿红鞋尽管穿,
为什么在我门外站。

你妈打你你不成材,
露水地里穿红鞋。

我穿上红鞋我好看,
与你们旁人啥相干?

爱我的人儿数不完,
我穿上红鞋我好看。

脚踏着石头手搬着墙,
眼泪滴在红鞋上。

两只小脚门槛上站,
扰的后生眼珠儿翻。

我穿上红鞋摆摆腰,
二不愣后生的心里像猫挠。

对面沟湾牛喝水,
因推(找理由)抱柴照一
　回你;
照了一回没看见你,
淌着眼泪把柴抱起。

三十六孔窗子朝南开,
我不知道哥哥啥时来?

三十六孔窗子高吊起,
你不得上来我拽你。

一根链子九十九,
哥拴脖子妹拴手,
不怕官家王法大,
出了大堂就把手拉。

爱你爱你真爱你,
请个画匠来画你,
把你画在鞋子底,
我去哪里你到哪里。

对面山上野雀喳,
你给我哥哥捎上个话,
捎话不捎旁的话,
就说妹妹想死他!

羊羔吃奶双圪膝跪，
梦里也和你一起睡，
一把把你的腰搂定，
醒来窗外边刮秋风。

骑上毛驴狗咬腿，
夜半来了你这勾命鬼，
搂住个亲人亲上个嘴，
肚里的疙瘩化成了水。

第一回见面没拉上话，
肚子里积了个铁疙瘩；
第二回见面亲了个嘴，
肚子里生铁化成了水。

人人都说咱两个好，
咱俩好比露水草；

露水草来活不长，
太阳上来多凄惶。

太阳要落羊入圈，
咱二人吊线（调情）
　　谁看见？
看见只当没看见，
你二人吊线我不传言。

干草顶门门不牢，
哥哥不来狼吃了！

想你想得心花乱，
怀抱算盘算时间。

前响来了后响走，
定下关系没接头。

留下门来不要紧,
叫人说我有外心。

沙梁梁上搂草风儿摆,
不因为找你我不来。

骡子喝了房檐的水,
嘴里欢喜肚子里灰。

走前沟来望后沟,
至死忘不了杨家沟。

上河淌水下河响,
人人都要比我强。

青石头碾子沙石头盘,
小姐妹里头数我难。

手扒窗子照蓝天,
没有心劲做针线。

俏眼眼看你低头笑,
恐怕旁边人知道了。

有心和你拉句话,
又怕别人看见了。

有心和你一垯里坐,
我的身子不由我。

南天门上冒白云,
为甚留下个人想人?

白布衫子我给你缝,
再不要打短揽长工。

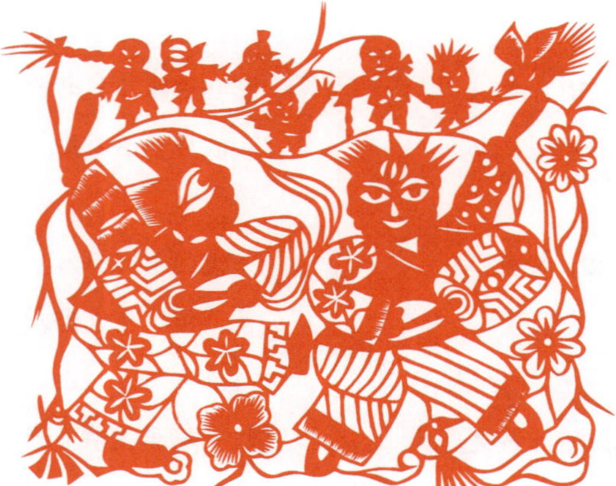

自从你交下小妹妹,
白令令的袜套穿了好几对。

我的娃娃我自己抱,
哥哥的好心我知道。

你的大洋我不爱,
单为品你的心好坏。

青草牛粪放着火,
昨晚梦见你和我。

羊肚子手巾脖上围,
不是我的哥哥还是个谁?

你把我稀罕我把你爱,
一天三趟看你来。

一对对鸭子凫水水,
咱二人到老谁也不丢谁。

糜子高来黑豆低,
高粱地里碰见你。

马兰草开花一朵朵,
拉上胡琴叫哥哥。

山靠山来崖靠崖,
不知哥哥多会来?

荞麦拉成碎糁糁,
隔窑窑听见个亲人音。

响雷打闪龙摆尾,
哪股神风把你吹回?

癞蛤蟆上树掉下来，
十指连心咱离不开。

哥哥拉着妹子的手，
急得妹子慌飕飕。

山里的石头山涧的溪
谁不想你是驴养的。

金稻黍（玉米）开花红缨缨，
你走了半夜我总惊醒。

天上黄云撵黑云，
难受不过两离分。

想起哥哥上不了炕，
崖洼上画你人模样。

白天想你到硷畔上站，
夜晚想你胡乱盘算。

想你想得吃不下饭，
心火上来把嘴燎烂。

哭了一场又一场，
好像娃娃离亲娘。

遇见个狐子当成狼，
双膝跪下许下个羊。

黄沙澄金难见面，
直把妹妹的心想烂。

人人都说咱两个有，
直到如今没开口。

人人都说咱两个有,
从来没和你扣过手。

麻柴棍棍顶门风刮开,
你的心思要我猜。

满天的云彩风吹散,
什么人把咱的路砍断?

绵羊山羊吃下两道凹,
我和哥哥在磨道耍。

大青山石头乌拉山水,
我十五上开怀把你追。

叫一声哥哥不要只在我家盛,
哪一年六月能结冰?

阳畔上的核桃背洼里的枣,
咱俩为什么这么好?

哥哥走了妹子照,
眼睛珠不转泪蛋蛋抛。

穿上红鞋上山坡,
鞋屁股扣烂想干哥哥。

脚踩上石头手扒墙,
眼泪滴在红鞋上。

哭下的眼泪拿秤称,
三十三斤还有零!

哭下的眼泪过斗量,
三斗三升还有一大筐!

红瓢子西瓜黑子多,
整整想你一月多。

哥哥好比一把火,
你把妹子的心点着。

哥哥好比一条河,
西流东流引上我。

骡子走前马走后,
撂下妹子谁收留?

墙头高来奴身子低,
隔了个墙头照不见你。

芦花公鸡飞过墙,
我把哥哥照过梁。

山又高来路又长,
照不见哥哥照山梁。

哥哥沟里扬长走,
干妹子堖畔上泪长流。

天上星星五颗颗,
你走横山想死我!

石头河湾长流水,
越看越远越后悔。

黄雀雀落在圪针林,
听见哥的声音瞭不见哥的人。

日落西山羊回还,
干妹子还在堖畔上站。

小妹妹就像一棵葱,
单为哥哥受苦情。

红柳长来海子深,
想给你捎话没顺人。

要想留你你不留,
拉住你手手不放你走。

有心和你拉句话,
别人闲话赛刀杀。

骑上骆驼峰头头高,
人里头就数咱俩好。

老麻子开花结疙瘩,
寻好汉单看谁毬大。

老麻子开花结疙瘩,
虽然脚小好样法(模样不差)。

老麻子开花结疙瘩,
刮野鬼(在外浪荡的人)
　的婆姨守活寡。

老麻子油点门轴,
哥哥拽住我往草垛后走。

走路走成对对踪,
哥哥牵着我钻山洞。

一壶甜酒两样菜,
吃完酒饭上床来。

新打的土窑垴畔高,
有婆姨的人儿不可交。

大路畔上耧胡麻,
丑俊不等结缘法。

桃树园子杏花台,
什么人照我穿红鞋。

洛河川里滴眼泪,
不知王家坪站个谁?

哥哥穿上一身青,
好像张生戏莺莺。

干妹妹穿上一身蓝,
好比那吕布戏貂蝉。

问下神神神不灵,
倒灶(倒霉)的庙堂刮怪风。

蛐蛐爬在炕上叫,
哥哥的心口蹦蹦跳。

街当心有个狗扑狼,
哥哥你小心人闯上。

半夜里起来月满天,
绣房的门儿半扇掩。

妹子是灵宝如意丹,
哥哥是吃药的痨病汉。

牛不老(牛犊)撒欢羊跑青,
妹妹有意哥有情。

上天的梯子你来搭,
天上的星星都摘下。

谷茬糜茬黑豆茬,
为哥哥我头上插野花。

墙头上跑马回不转头,
心里喜欢你说不出口。

青油点灯羊油蜡,
提起回家脑割下。

麻格阴阴天气蒙格生生雨,
小妹妹留不住你呀天留你。

人凭衣裳马凭鞍,
婆姨凭的是男子汉。

斗大的西瓜碗粗的根,
老田家大大不可我的心。

手拿蒲扇自来风,
生得漂亮心里冷。

先死上婆婆后死汉,
格夹上鞋包再寻汉。

脚大脸横娘生就,
我自来一身好绵肉。

我想你走来我想你唱,
我想你忘了人模样。

千留万留你不盛下,
往后见了谁也不说话。

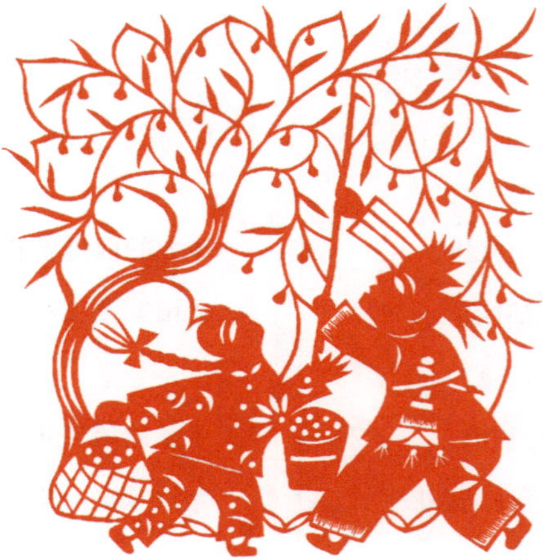

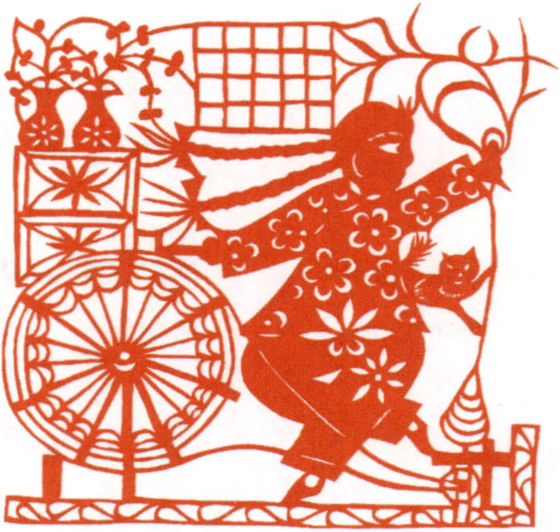

青杨柳树剥了皮,
咱二人生生被活分离。

月亮上来锅盖大,
刀枪矛子都不怕。

山羊上树咬柳梢,
拼上性命和你交。

山远水远见不上面,
谁给我借个千里眼。

月亮上来碾盘般大,
就怕哥哥把我闪下。

想你想成病人人,
抽签打卦问神神。

想你想得灰塌塌,
想你想得难活下。

想你想得灰塌塌,
人家还说我害娃娃(怀孕)。

想你想得跌了崖,
灰头土脸往起爬。

想你想成一个鬼,
阎王爷脚底打来回。

陕甘两省路途远,
哥哥走了甘洛县。

脚踏石头手扳崖,
想死想活你不来。

走不走来站不站,
你把妹子的心搅乱。

你走甘洛不给妹子说,
想得妹子不得活。

倒灶神神他不灵,
为啥不给我托一个梦?

天上的云彩风刮散,
什么人把咱的路掏断。

三串铃当两声颤,
哥哥走了盐池县。

你走那天刮了一阵子风,
提心吊胆不放松。

三颗星星两颗明,
哥哥走了都看不清。

走远走近不言传,
让妹一阵阵不心安。

想你想得害下病,
人家说我是羊毛疔。

想你想得跌进沟,
走大路也画下个蛇盘九。

想你想得吃不下饭,
容颜一准不好看。

想你想得眼圈转,
煮扁食(饺子)却下了山药蛋。

想你想得眼儿花，
糜子锄了把草留下。

有心留你吃顿饭，
怕人看出说闲言。

你再不要往我家跑，
会叫我男人知道了。

你再不要忽撩忽撩地跑，
妈妈打得奴活不了。

大河担水水不清，
哥哥走了不好盛。

荞麦开花满山山白，
越交越热离不开。

沟沟圪圿野花开，
不知道哪天你看我来？

天上的星星明五颗，
你走了山圪崂想死我。

一阵阵盘算死了吧，
我的情人撂不下。

三疙瘩砖来两疙瘩瓦，
因为看你挨过打。

东沟里割草喂牛羊，
西沟里担水泪汪汪。

牛不老吃草尾巴摇,
自小爱个二道毛[1]。

倒了穈子收到秋,
跑口外的哥哥往回走。

叫一声哥哥你走啦,
实心实意丢下我啦。

妹妹有心哥不敢,
亏你还是个男子汉。

黄河无路船头上站,
心硬不过男子汉。

蓝天头上搅白云,
最硬不过哥哥的心。

荞麦皮皮满天飞,
想不到哥哥成了刮野鬼。

弯弯的镰刀割韭菜,
慢慢品你的心好坏。

山雀雀落在大豆地,
枉费辛苦磨嘴皮。

深井投石试深浅,
你唱个酸曲把妹缠。

---

1 二道毛:指男子的一种发型。

二刀刀韭菜(第二茬韭菜)
　整把把,
你巧口口说些哄人的话。

先答应你馍馍后答应你糕,
跑前跑后闪断了我的腰。

向阳花开在门对面,
你对妹妹再不要说谎言。

我想哥哥实想哩,
哥哥想我在嘴里。

我想哥哥带哭哩,
哥哥想我在哪里?

推磨雷声白雪下,
哥哥对我没好话。

一棵柳树四枝梢,
我哪垯把你的心亏了?

山里的石头湾里的水,
什么时候得罪了你?

暖水泉子冻不住冰,
看你十回九回空。

对面山上长青艾,
哥哥你把良心坏。

墙头上跑马掉不转尾,
哥哥你心不对着嘴。

说下的日子你不来，
打的啥主意把良心坏！

说下的日子你不来，
圪梁梁上跑烂我十眼鞋。

不来就说不来的话，
虚情假意我解下（懂得）。

一夜纳了两双鞋，
熬油点灯你不来。

初一捎话十五来，
一碗羊肉直放坏。

阎家沟庄子水泉子井，
十回看你九回空。

三十三颗荞麦九十九道棱，
哪一晚不等你到三更？

一碗羊肉一疙瘩糕，
你还说妹妹的心不好。

不来就说不来的话，
日七捣八你弄个啥？

我把你当成亲人待，
你口甜心苦把良心卖。

灯里无油倒上些酱，
你让我把坏名声当。

高粱长在柿子圪坨，
好心你当成驴肝花。

定下的日子你不来，
闪得妹妹把门开。

一根干草顶门里，
哥哥不来哄人哩！

你不来就说不来的话，
你日捣我把那个门留下。

留门不来事情小，
狗吃捞饭把碗打了。

蓝布裤子白裤腰，
早知你不来不把你交。

硬糜子馍馍软糜子糕，
你说妹子的心不好？

你吃烟来我点火，
哪垯把你难为着？

双手递茶你不要，
哪垯把你得罪了？

你叫我怎么就怎么，
咋一说起话就冒火？

我哪垯把你的心亏坏，
为甚你走了再不来？

只要你不把良心坏，
我舍我身子也自在。

青草牛粪围着火，
有了新的你忘了我。

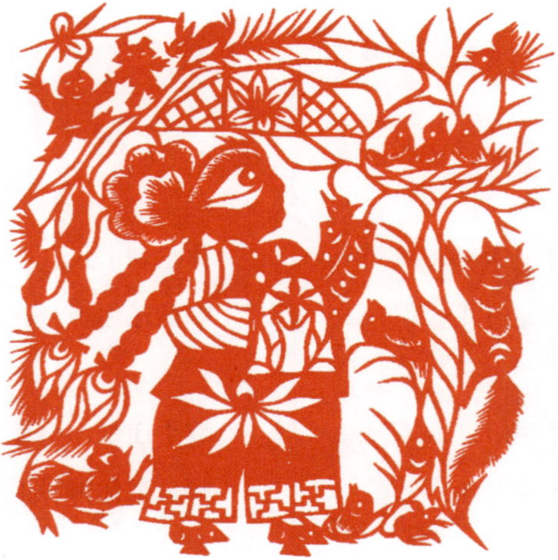

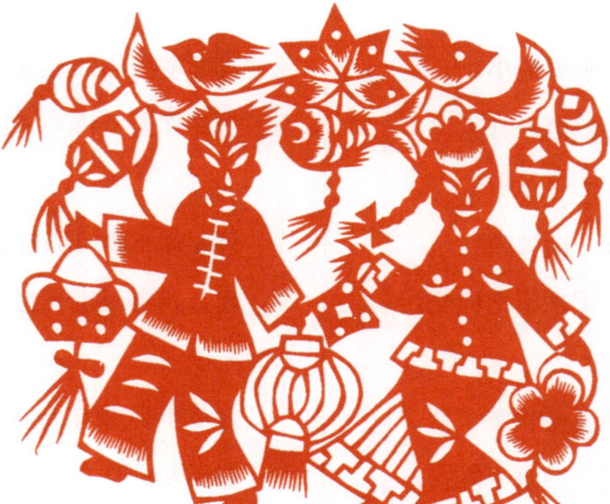

好大的锅就下了几粒米,
好旺的火还烧不热个你。

羊腥汤挂面红碗里捞,
你还嫌妹子的心不好。

半崖上开花半崖上红,
半路上撂下我你心好硬。

城墙上跑马弯不过头,
你那个坏名声也难收。

白面馍馍包苦菜,
口甜心苦你把良心卖。

从前把你当宝莲供,
到如今成了闪人坑。

我把你当成灵芝草,
你把我当成臭黄蒿。

穿上红鞋把柳叶踏,
拿起刀刀想把哥哥杀。

浑水流在清水河,
情人狠心撂下我。

想烂肝花想烂心,
旁人跟前不敢问。

好雨下了十里沙,
好心换下驴肝花。

对面圪上种白菜,
你把我的名声坏。

羊肚子手巾三道道蓝，
半路上撂人心好寒。

你为啥对我这样灰，
穿了你的布衫给你赔；
赔布赔衫赔不下，
妹妹不是那瞎店家。

猫捉老鼠狗照门，
你把谁当糊脑孙？

用着妹子搂在怀，
用不着妹子掀下崖。

驴粪蛋蛋面面光，
谁知我心里多恓惶。

洼崂里揭地花对花，
我和你小子无缘法。

阳畔圪针背洼上艾，
年轻轻就把良心卖。

喜鹊过河摆一摆尾，
忘恩负义你的心早飞。

地冻三尺冰裂缝，
亏人莫把心亏净。

馍馍白糖就苦菜，
口甜心苦你把良心坏。

二两洋烟就可了你的心，
嫌我不好你寻旁人。

一对鹁鸪绿翅膀,
早知你卖良心不和你交往。

金稻黍开花半中腰,
狼心狗肺不可交。

早知道你是没心鬼,
刀割了身子都不随。

墙头上跑马弯不转头,
你那个坏名声在外头。

太阳落在向阳坡,
良心背在后脑窝。

为人要把良心卖,
平地里能把腿跌坏。

白布袜子黑布鞋,
你坏良心发不了财。

吃了羊肉吃猪肉,
谁卖了良心折阳寿。

我坏良心白蛇咬,
你坏良心变驴马。

一根甘草十二节,
谁昧良心吐黑血。

两张麻纸一碗碗水,
谁卖了良心谁先死。

一碗凉水一炷炷香,
谁昧良心谁先见阎王。

三升软米蒸成糕,
你坏良心天火烧。

你昧了良心变驴马,
我昧了良心五雷抓。

大豆开花乌黑的,
谁坏良心狗日的。

地冻三尺自开缝,
亏人你把心亏净。

露水珠珠好冰人,
哥哥你铁肝花好心狠!

把我的名誉弄坏了,
撒开两腿你上路了。

高山上石头底沟里水,
谁不知你是卖良心鬼。

灶火里烧柴烧成灰,
你后悔的日子在后哩。

天上下雨地下滑,
各人主意各人拿。

喑水泉子不冻冰,
咱俩早晚弄不成。

你要走来你扬长走,
再不要回转身把我求。

玉米出穗抖毛毛,
心思不好拉毬个倒。

癞蛤蟆跳在洇麻坑,
天河水洗不净咱二人。

哥哥你把良心坏,
五雷抓你的天灵盖。

对面山下槐树焦,
谁卖良心天火烧。

大红公鸡毛腿腿,
我让只土豹子把你追。

日后死在阴曹下,
小鬼拿你去挨叉!

等到天黑日头落,
大卸八块把你下油锅。

遇上个半夜满天星,
把你拉到山上点天灯。

有朝一日天睁眼,
小刀子扎你没深浅!

你跟我装傻又装聋,
圪棒棒捶你没轻重!

白花豹趴在上河畔,
砍脑鬼死了我再寻汉。

前晌死你大后晌埋你妈,
格夹上针线包我另改嫁!

我妈妈生我九菊花,
给我寻下个丑南瓜。

马茹茹开花老来红，
十三省人才数你能。

人家打马茹一呀一大群，
小个的奴家打马茹一呀
　一个人。
人家打马茹二呀二斗八，
小个的奴家打马茹打也
　打不下。
汉子打来婆婆骂，
小叔子说不如死了吧。

草打的井绳像把刀，
小手磨得直发烧。

大路畔上的灵芝草，
长得不大就是好。

白布衫子袖子宽，
走路好比饿鹰扇。

三刀刀韭菜开白花，
疼了大人再疼娃娃。

我盼我情人发了财，
高骡子大马接我来。

砖砌的锅台填进白杨柴，
心思对了慢慢来。

我给你做下一双牛鼻鼻鞋，
大小不合我给你改。

大榆树上的榆钱钱，
叫一声姐姐我给你做剁荞面。

倒眼窝狗儿不要咬,
我给你一颗干羊脑。

眼花心乱神不定,
烧香点灯问神灵。

癞蛤蟆上树遭水灾,
妹与哥搭伙离不开。

哥哥走了到如今,
难活(难受)不过人想人。

太阳上了东山畔,
我情人几时转回还?

叫一声哥哥你盛着,
我给你和面压饸饹。

一畦畦韭菜凉水浇,
想情人想得我耳朵烧。

打碗碗花开天睁眼,
我跟上情人浪几天。

有朝一日我跟你睡,
早死十年也不后悔。

上河流水下河里浪,
至死忘不了你傻模样。

下河聚不着上河水,
越走越远越后悔!

肝花想烂眼想红,
想得眼睛看不清。

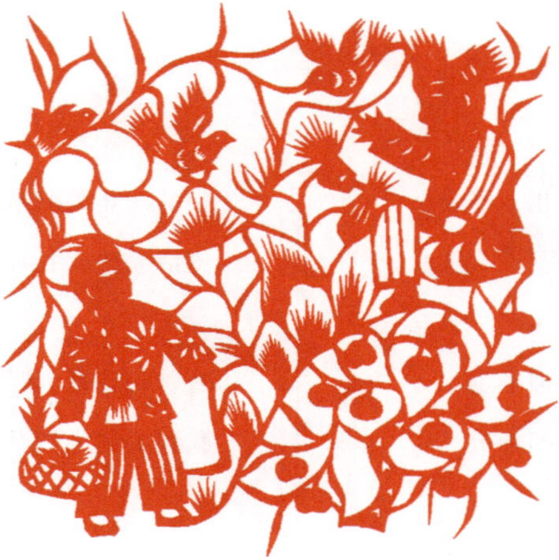

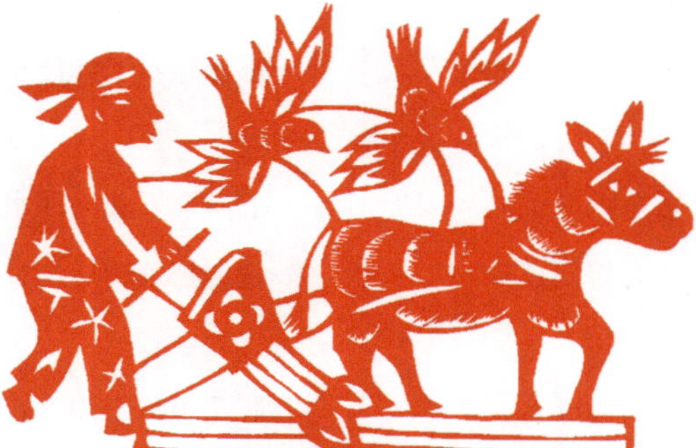

今天见了你的面，
当天地里还口愿。

水地萝卜旱地瓜，
因为交你挨过打。

你不要上房好哥哥，
好人稀少坏人多。

二道韭菜风挑开，
咱俩的事不由咱安排。

想你想你真想你，
活人好比一个鬼。

想你想你真想你，
三天没吃一粒米。

想你想你真想你，
绣花纳成袜底底。

想你想你真想你，
撞倒面来撒了米。

想你想成相思病，
抽签打卦问神灵。

三格子碗架支了个高，
眼见妹子要下阴曹。

你要死了我也不得活，
鬼门关上等一等我。

一垯里死来一垯里埋，
一垯里去了望乡台。

我俩手拉手进阴间,
阎王爷看见也喜欢。

相思病得在心肺上,
口香味留在嘴唇上。

双圪膝跪在哥哥前,
猫眼眼流泪告屈冤。

羊肚子手巾头上搭,
羊尾巴辫子红头绳扎。

你不要只把嘴不塌,
你的胡子扎我啦。

骑马要骑那个四银蹄,
远远地看见哥哥你。

不要忧来不要愁,
你婆姨不在你把妹子搂。

拦羊哥哥把羊打转,
妹子要吃羊奶子饭。

南庄打水井台高,
人小身短扭了腰。

太阳出来照山坡,
有个小媳妇受折磨。

白格生生蔓菁一条根,
我和哥哥钻山林。

遍地黄沙数不过,
这么多小伙儿交哪个?

花柳条布衫马后捎,
等不见哥哥狼吃了。

一想爹娘二想家,
三来还想我冤家。

坐在炕上把你想,
不由得两眼泪直淌。

你跟人家好你跟人家交,
我给你搭上个顺心桥。

你再不要说那些话,
开言动语我解下。

一搭儿坐惯你要走,
好比刀子剜我肉!

王尔庄上你问一问,
妹子是不是那号人。

当日许来当日还,
你看妹子难不难?

想去看你河水把路堵,
你在你家害病我在我家哭。

好骡子好马赚大钱,
二十岁的哥哥正当年。

没头鬼护兵传下个令,
半夜里开差活要妹妹的命。

小妹妹年轻不会说个话,
不知道把哥哥怎惹下?

哥哥你走了西安省，
留下个妹妹谁照应？

白天想你圪梁上站，
晚上想你枕头上盼。

雪花飞来雪花飘，
哥哥的好处忘不了。

影儿低低遍地黑，
看不见哥哥家的玉米堆。

家鸡叫来野鸡啼，
家汉子不如野汉子喜。

麻子开花结果果，
为人都有干哥哥。

叫一声干哥你才来，
干妹子给你做一双鞋。

大青山石头乌拉山水，
天配下婚姻无改易。

走马走下奔马踪，
妹妹年轻回不了心。

我朝门上挂纱灯，
你要我回心换朝廷。

园地蔓菁熬糕子，
寻不上好汉怨老子。

狼嚎鬼哭我不怕，
你把我男人活混瞎（教唆）。

白脖子狗娃捣眼窝,
不咬旁人单咬我。

老麻子地里带小豆,
你们两个相好我退后。

阳世上来了阳世闹,
紧闹慢闹人老了。

索牛牛开花羊跑青,
我河边洗衣唱得像百啭莺。

三棵柳树两棵高,
你看妹子好不好?
三棵柳树两棵高,
我看妹子本来好。

你看你看尽你看,
妹子在河湾洗汗衫。

荞麦开花棱棱多,
你忘不了旁人忘了我。

脸又红来气又喘,
我看你今天没把好事干。

十冬腊月数九天,
好了奴的情人冻了奴的脸。

又是打来又是骂,
妹身子变成淌泪蜡。

三十两银子买下一匹马,
因为看你把马跑乏。

垒起圪棱打起坝，
谁给我哥哥捎两句话？

三苗菊花两苗苗高，
姊妹三人你看哪个好？

大的大来小的小，
二妹妹和哥哥正好好。

海子里头芦草长成秆，
这辈子娶下婆姨天翻转。

死不死来活不活，
不死不活闪死人。

麻阴阴天来雾沉沉，
毛眼眼哭成泪人人。

你走那天刮了一场风，
妹妹我昏昏沉沉像害病。

漆黑的头发雪白的牙，
粉红的脸蛋爱死哥哥呀。

荞麦种上地锄开，
七月里闲了看我来。

四六棉毡对头子炕，
一个人睡觉空荡荡。

一床盖头半床闲，
一个人睡觉这么难！

羊羔子吃草寙垴畔，
为啥给我寻下个二婚汉？

十三上定亲十四上迎,
十五上守寡到如今。

我姐骑银骡子抱银娃,
我骑干树枝抱土疙瘩。

三畦畦辣子两畦畦蒜,
见了个媒人心思乱。

你爹你妈爱银钱,
给你寻下个负心汉。

韭菜结籽颗颗细,
寻不下好汉受人气。

一把拉住哥哥的手,
不说下时间不叫你走。

山羊绵羊五花羊,
多会来到宁条梁[1]?

叫一声哥哥早回心,
人留儿女草留根。

好花能开几日红?
谁人能活寿长生?

好死麻柴不如炭,
再好的朋友不如汉。

你走东来我走西,
咱们两个活分离。

---

1 宁条梁:靖边以西一集镇。

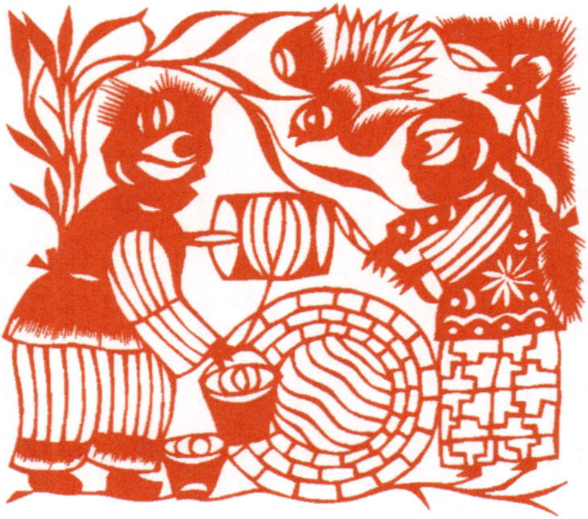

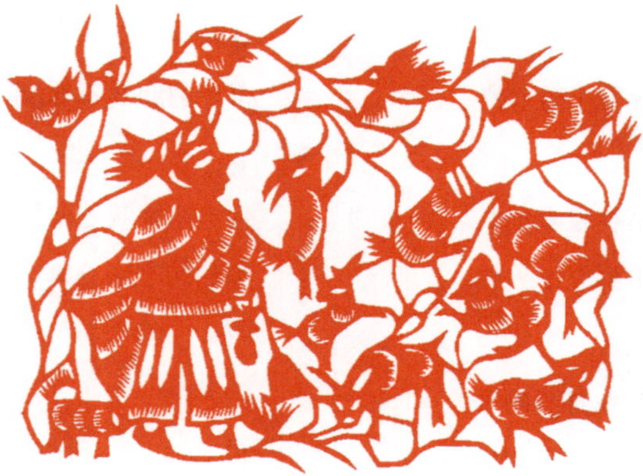

黄河岸边高石崖,
可怜妹妹没穿戴。

大榨油坊通天柱,
干妹子正在为难处。

手扳磨儿嘟碌碌转,
你看做媳妇难不难?

酸枣树小叶子多,
俺娘就养我一个。

遍地里野雀喳喳叫,
我的苦处谁知道。

大红袄来绸里子,
做媳妇不如做女子。

粮食里数不过豌豆圆,
人里头数不过做媳妇难!

我娘是个苦蔓蔓,
苦蔓蔓养下个苦蛋蛋。

茄子开花结了个紫洋缎,
嫩豆芽配了个死老汉。

三间房来瓦扣瓦,
我有男人却守活寡。

鹁鸪子落下在柳树上站,
烟熏雾缭死了汉。

荞麦面里掺杂面,
我给我男人过周年。

三块石头两块瓦,
改朝换代我另改嫁。

雀落花椒树齐刷刷,
一个个又飞成个单爪爪。

青股子白菜叶叶宽,
娘家好盛无人管。

天阴下雨路不干,
倒灶红鞋不能穿。

石榴花开石榴红,
实心留你你不盛。

倒坐门槛吸纸烟,
我问哥哥盛几天?

冬麦穗穗芒芒尖,
寻不上好人心里烦。

白布衫子我穿够了,
干哥哥走了我活够了。

人人都说咱俩好,
阿弥陀佛谁知道。

芦花公鸡飞过墙,
因为看你碰上狼。

马跑乏了不要怕,
干草豌豆我喂它。

天上星星千百颗,
地下受罪就我一个。

千思万想不团圆,
清泪流在枕头边。

你死你的婆姨我死我的汉,
咱二人成了婆姨汉。

你那里牵心我这里想,
热身子靠不在热身上。

三股子麻绳蘸水拧,
是死是活我不悔心。

井里打水斗绳绳短,
你不知道妹妹我没人管。

天上黄河靠老山,
心中愿意奴难办。

今天见了哥哥的面,
好像乌云风吹散。

今天见了哥哥的面,
对台大戏唱几天。

大个的山药蛋整五颗,
你走横山想死我。

想你想得上不了炕,
三生(三岁)的娃娃直喊娘。

三号盒子(枪)拿在妹子手,
打死了龟头(坏人的头头)
  跟上哥哥走。

做一做针线展一展腰,
拉上胡琴解心焦。

我妈妈生我一十六,
男人扛枪我自由。

上身子不好下身子好,
走起好像水上漂。

瞭见哥哥穿了一身灰,
好像麻雀低低地飞。

守着哥哥在窑里,
不知饱来不知饥。

人多眼多难开口,
面对面坐下肚子里愁。

辞别公婆回娘家,
又蹦又跳十七八。

桃叶青青杏叶红,
亲娘没有女婿亲。

三叶叶白菜两叶叶黄,
想起哥哥泪汪汪。

毛驴子推磨妹子照,
巷子里哥哥吹哨哨。

对面有河又有山,
眨眼倒把情人看。

八月里谷子一片黄,
想你想得时光长。

糜子地里带黄瓜，
我从前跟你有麻垯（私情）。

妹子唱曲有灵声，
停下活计站着听。

井里担水磨道里用，
你为甚给我把眼瞪。

西瓜开花四芽芽，
我是不是怀了娃？

白布衫子新又新，
情人站在玉米林。

洗了家什盖上锅，
手扒窗台照哥哥。

天天望着金汤街，
想你想得眼滴血。

大骨头羊肉没啃够，
难难为为不想走。

走头马儿好捎后，
你把我带到纸房沟。

抹上胭脂搽上粉，
你看三妹哪点亲？

天天刮风天天雨儿下，
天天见面拉不上话。

十八颗星星十六颗明，
那两颗不明的是咱二人。

西北风猛地把门吹开，
我当成哥哥的魂灵来。

大绵羊皮袄顶绸缎，
哥哥倒像是有钱汉。

二细子草帽头上戴，
哥哥本是好人才。

不交你的银子不交你的钱，
单交哥哥的好容颜。

旱蛤蟆叫唤水上漂，
你不会唱曲我给你教。

唱曲不要唱妹子，
毁坏咱二人一辈子。

老麻子开花结疙瘩，
改朝换代我选婆家。

三间房子平顶顶，
哥哥唱曲肚子里痛。

三间房子两盘炕，
哥哥肚子里无文章。

老虎下山马跑转，
朋友交在洛河川。

灶火不旺是烟囱的过，
哥哥不来是人挑错。

瞒着你大来瞒着你娘，
你就说上学念文章。

脑袋困乏浑身麻，
人家说我害娃娃。

白脖子狗儿朝南咬，
不要脸的舅舅又来了。

三个人撂下一疙瘩牌，
叫声哥哥你耍牌来。

红不溜溜的嘴唇花不棱棱的眼，
紫红色肉皮浑身软。

大榆树上喜鹊子窝，
有人无人你调戏我。

高腰袜子十眼鞋，
你那疙瘩脑袋我不爱。

再不要到我家得溜得溜跑，
我妈妈打得我活不了。

墙头上跑马回不转个头，
你看我情人多风流。

黑老鸦落在树林里，
想给你说话有人哩。

你把你好心拿出来，
我给你做一双合脚鞋。

鸡娃子上架太阳落，
你二人调戏我看着。

人家吃水咱掏井，
好心落下个坏名声。

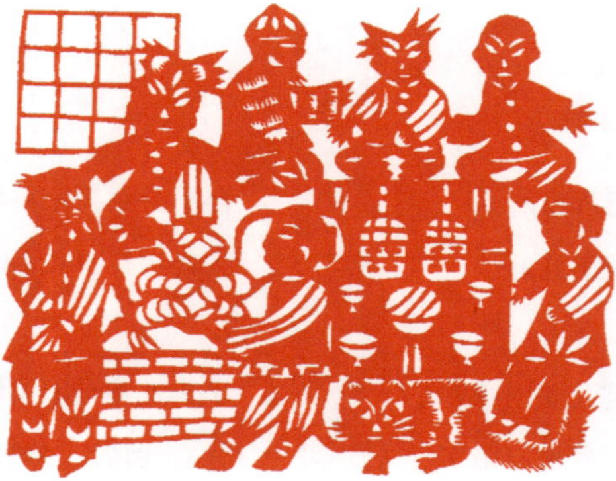

巧口口说话毛眼眼照,
给你大洋你不要。

对面山上一道沟,
知心话儿没拉够。

对面洼上喜鹊窝,
人家都说你和我。

半碗豆豆半碗米,
吃饭睡觉都想你。

热身子倒在黄沙湾,
白蛉子把你的血榨干。

鄂托克旗绵羊尾巴大,
刮野鬼哥哥天生下。

有婆姨的人儿不可交,
众人的言语斩人的刀。

骑马要骑海溜溜马,
交朋友要交十七八。

一张空嘴说空话,
生儿养女成哑巴。

今年指望明年好,
明年还穿羊皮袄。

毛驴驴叫唤倒了主家,
寡妇唱曲这是要走呀。

沙蓬到老一团团,
娘打闺女谁可怜?

叫一声哥哥你不要忙,
败兴的日子真正长。

一碗凉水冻成冰,
我拿上好心活不下个人。

水漂打在河湾里,
撂下老娘撂不下个你。

第一次回来了你不在,
对面梁里掏苦菜;
第二次回来了你又不在,
响大洋丢下了三两块;
第三次回来了你还不在,
你妈妈打了我两锅盖。

我妈生我横天星,
二不愣后生是我的兵。

小姑子喊叫公公骂,
婆婆打了我两嘴巴。

活阎王算盘打得怪,
鸡蛋里挑出骨头来。

对对狸猫锅台上卧,
从前寻汉不由我。

苦菜芽芽苦菜根,
我妈生我苦命人。

山背圪坜的山洞里阴,
蝎子的尾巴后娘的心。

砖包楼门瓦扣瓦,
有男人守下没男人的寡。

贼媒婆的嘴角翘一翘,
把我说给了死老幺[1]。

媒人好吃羊羔肉,
浑身害的钻骨瘤。

媒人吃了个羊蹄架,
死了媒人全家家。

老天爷你好好下(雨),
人不留他天留他。

---

[1] 死老幺:此指年岁大的外乡人。

三岁两岁娘养下,
七岁八岁小送大。

我大我妈没主意,
把我许给穷汉哩!

扁豆开花一嘟噜,
俺娘卖我真糊涂。

我大我妈耳头软,
捣灶鬼媒人两头煽。

芦花公鸡绿尾巴,
坏媒人咱见了好害怕。

吃媒饭来害嗓黄,
穿上媒鞋害疔疮。

井又深来坡又陡,
骂声媒人卖脑的狗。

山丹丹花儿可沟沟开,
妹妹不爱牛鼻子鞋。

月白腰带奴扎上,
我和哥哥相跟上。

乌鸦落在房根底,
想起哥哥要命哩!

唱曲再不要唱妹妹,
咱俩灰塌塌一对对。

铺好毡子关上个门,
放下枕头短下一人。

家雀落在中心道,
一个人睡觉多孤躁。

毛市布来不好穿,
跟上哥哥穿绸缎。

不爱银子不爱钱,
单爱平头大花眼(双眼皮)。

剪发放脚真风流,
快引上妹妹世路上走。

想哥哥想得心麻烦,
和梆子打成两万贯。

山药圪蛋煮白菜,
婆姨就是妹妹的害。

走呀走呀实走呀,
留下干妹子谁守呀!

倒灶鬼脚户不算人,
你把妹子名声扬出门。

二号八音(手枪)提在手,
强把我男人拉起走。

山又高来路又远,
照不见我情人照山线
 (山之棱线)。

千思万想不团圆,
眼泪滴在枕头边。

实心留你你不盛,
急得妹子肚子疼。

骑白马跑沙滩,
可怜我一十八还没汉。

倒灶鬼媒人好吃糕,
把奴家送到山圪塄。

天上的星星颗颗明,
地上的人儿就数我苦命。

拽你的胳膊抓你的手,
说不下什么你不要走。

大红缎被子咱俩盖,
让我那男人搭一疙瘩烂麻袋。

你看下我来我看下你,
咱们二人搭伙计。

手扒炕沿脚踹地,
想跟你交往不顾班辈;
管他班辈不班辈,
你对我有情咱就燕双飞。

骑青马过青台,
妹在马上掉下一只鞋;
哥哥给我拾起来,
妹在马上不得下来。

哥哥打下枣,
落了一河滩。
我踮着脚走过去,
把酸枣放嘴边,

酸个溜溜儿甜,
甜个丝丝儿酸,
害得我丢了个柳篮篮。

太阳临落还红火,
因推抱柴照哥哥;
照上哥哥抱上柴,
照不上哥哥不回来。

千里眼来照不远,
照不见情人照山线;
照见山线照不见人,
眼泪汪汪好伤心!

隔河照见像是你,
恨不得长上翅膀飞;
跑到跟前不是你,

背转身儿流眼泪。

睡到半夜做了一个梦,
梦见我哥哥上了身,
一把将我的腰搂定,
醒来才知是一场空。

哥哥你不要害怕,
那号事情天生下,
等到来年二十八,
奴给你养个胖娃娃。

迟不来你早不来,
你来时妹身上来;
迟不来你早不来,
单等妹妹红花开。

给你留个羊羔头,
咱俩睡觉头对头。
给你留个羊羔肉,
咱俩睡觉肉挨肉。
给你留个羊羔腿,
咱俩睡觉腿搅腿。

不走大路走小路,
房后面踩下个小路路。
大黑伢狗门道里卧,
哥哥二更天来时小心着。
墙头高来狗又歪,
红头子圪针墙上栽。
沙土打墙墙不倒,
哥哥来了狗不咬。
哥哥来了门环子摇,
再不要嘘嘘嘶嘶打哨哨。

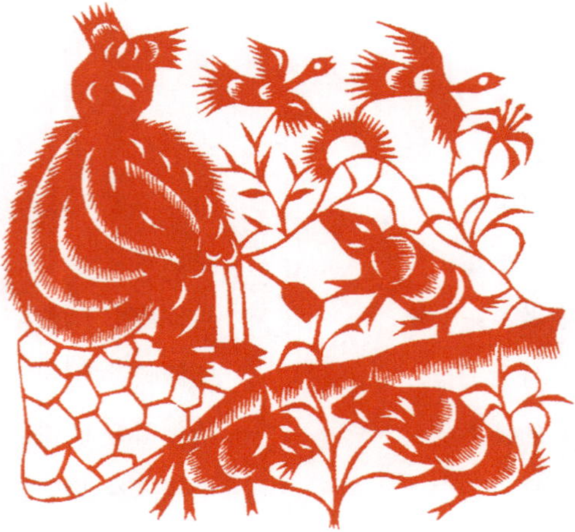

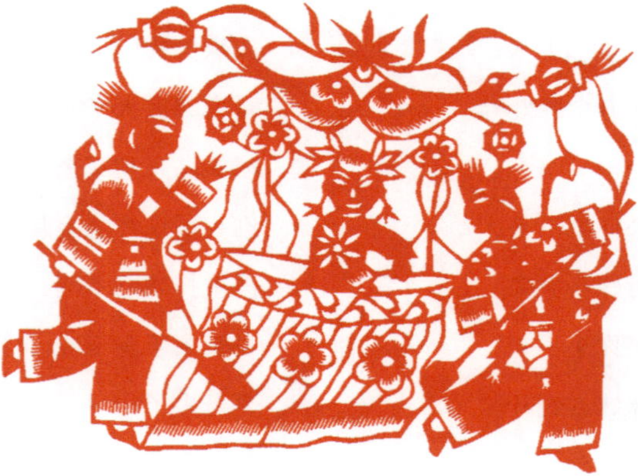

脚步放轻气压定,
咪咪咪咪学猫叫。
头道门上锁二道门关,
三道门又上九连环。
老麻油点进老门轴,
怕的是门一推"吱吱扭扭"。
双扇扇门儿单扇扇开,
身子一扭放进哥哥来。
慢慢开门慢慢闭,
慢慢上炕暖一暖气。
先解钮扣后脱衣,
今夜就是我和你。
叫一声哥哥摸一摸我,
浑身上下一炉火。
红布袄袄扣门门开,
一对奶奶露出来。
人家有钱咱无钱,
赤膀子睡在你跟前。
妹子的炕栏本来高,
你把脚儿往高跷。
慢慢摸来慢慢揣,
担心后炕人醒来。
那屋有了咳嗽声,
吓得哥哥浑身抖。
叫一声哥哥不要抖,
咱二人顶上有两颗头。
哥哥好像偷吃的狗,
二更天来了五更里走。
热热的身子活分离,
心上好比刀子劈。
不要慌来不要忙,
小心把衣错穿上。
哥哥起身妹子照,
眼泪滴湿大门道。

穿好衣裳慢慢走,
门道里卧着大黑狗。
满天的星星没月亮,
一下子踩在狗身上。
咬疼的肉儿我给你揉,
咬烂的裤儿我缭好你再走。
哥哥你拉马要赶路程,
妹妹我给你拽住马缰绳。
哥哥上马我上房,
手扳烟筒泪汪汪。
越照哥哥越远了,
眼泪花儿也汪满了。

绵羊羔不吃山羊奶,
我打发猴小小唤你来。
你要来你就二更天来,
二更天娃娃不吃奶。

前半夜你别来后半夜来,
狗咬你就从后墙翻进来。

谷粒三千一颗颗,
你看我男人毯气色。
我男人长得不如你好,
麻猴眉脸葫芦脑。
有心留你吃一顿饭,
你看我男人那毯眉眼。
五更天起来大青石头上坐,
打定主意不和那没头鬼过。

出了大门你扬一把沙,
后半晌你就把暗号打。
扬起沙来带起土,
暗号打在墙后头。
墙背后暗号要打巧,

别叫众人知道了。

红圪丹丹嘴唇白圪生生牙,
你抱抱我我浑身麻。

盘着你的圪膝压着你的腿,
咱二人在一搭实在美。

大盒子洋烟你不抽,
你只在妹子的红鞋上扣;
你要扣来尽你扣,
你不嫌日脏(肮脏)妹不害羞!

进得大门仔细看,
有位婆姨在门里站,
双双手儿扶门板,
红个缨缨的嘴唇实好看。

六月里来热难当,
妹妹给你冲冰糖,
喝一嘴来递一嘴,
再问哥哥你美不美?

哥哥走了你哭来没?
半斤羊肉你吃来没?
哥哥走了我哭了,
半斤羊肉我没吃。

十七八来十七八,
十七八来没出嫁,
看见公鸡把母鸡踏,
心里好像猫儿抓。

十七八的女娃硷畔上站,
公鸡倒把母鸡断,

两眼泪不干。
妈妈问我哭什么?
吃穿的事有你爸,
针线不会有妈妈。
我嫂十七奴十八,
人家和我哥同床睡,
还不给奴找婆家。
娘骂我是没脸鬼,
你爸外面做生意,
九秋十月回来出发(嫁)你。

穿羊皮来盖羊皮,
怀里抱上个大女婿,
心中好欢喜。

人家长得像个官,
妹妹丈夫像犁弯;

祷告犁弯早早断,
一步跳出鬼门关。

吃蒜不要吃糠皮子蒜,
寻汉不要寻屎囊包汉;
吃蒜要吃紫皮蒜,
寻汉要寻杀人汉。

曲儿不唱忘掉多,
大路不走草成窝,
快刀不磨锈易起,
坐立不正成背驼。

太阳上来还不高,
歪脖柳下把水挑,
柏木扁担沙木桶,
担头又挂舀水瓢。

昨天下雨今早雾，
妹子要穿毛市布；
毛市布来尽你挑，
白布衫子不耐糙。

你说你男人像只虎，
我是打虎的老武松。
你说你男人钱财多，
我的骆驼比他的毛驴多。
你说你男人好模样，
我的白脸脸比他的黑脸脸强。
你说你男人会玩耍，
我和你玩起来你喊亲妈。
你说你男人力气大，
我会将军不下马。
你说你男人软绵绵，
我是一个棉花团。

你说你男人文墨好，
四书五经我全知道。
你说你男人会唱曲，
我唱起来似飘柳絮。
光说不信空说话，
今黑夜叫你试试呀。

前两天听说你住学校，
我给你连夜捏水饺。
你走学校不给我说，
打早起我哭到太阳落。
你走学校给我说，
我给你烙上油馍馍。

对面山上麻雀窝，
你走延安记着我；
走了延安忘了我，

养下娃娃没耳朵。

盐池打盐花花白,
妹妹下池裤腿卷;
拦羊大哥莫笑话,
男人死了没办法。

沙梁高来好放羊,
沙沟深处会情郎,
毛圪针是红绫被,
黄沙窝是万年床。

小小蜜蜂翅膀黄,
一飞飞到妹胸上,
向妹胸上咬一口,
问妹想郎不想郎?

羊肚子手巾二尺长,
结个疙瘩撂过墙,
千年疙瘩不能散,
万年小妹不丢郎。

有心留哥哥吃顿饭,
又怕公婆又怕汉,
家又大来人又多,
眼窝好像蜘蛛窝。

妹家门前一棵槐,
手抱槐树盼哥来,
我妈问我望个啥,
我说槐树开花啦。

大河涨水起漩涡,
瓦盆淘米用手搓,

有心留哥吃顿饭，
筛子关门眼睛多。

马茹长在深沟崖，
有些婆姨好摸牌，
摸牌输下没钱开，
解开裤带做买卖。

问神神来神不灵，
四月十八爬山门。
管事的正神他不在，
照庙的童儿哄我来。
把我哄在神后头，
嘴对嘴来喝烧酒。
烧酒喝得扑鼻香，
两个人乐得脱衣裳。

叫一声哥哥你不要贪望我，
赚下银钱娶老婆；
娶下老婆扎下根，
贪望妹子一场祸。

阳坡上的土窑高又高，
有婆姨的人儿不可交；
有婆姨的人儿交下了，
众人的言语断头的刀。

为人寻不上好女婿，
不如在娘家打伙计；
为人寻不下好男人，
不如早死早转身。

锅里面条团团转，
公公一碗婆一碗。

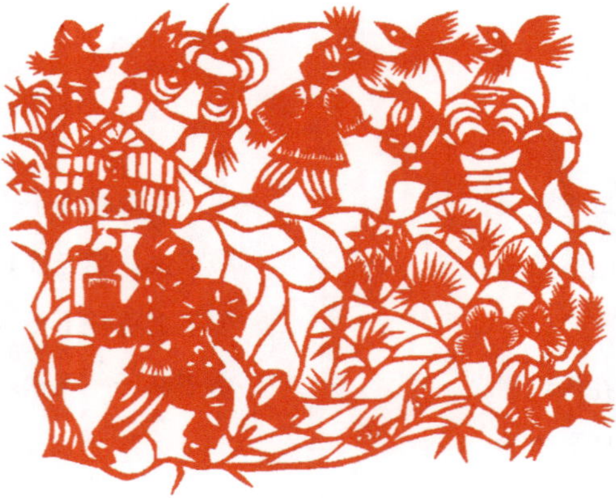

十个公公十个婆,
十个小姑管着我。
两个小姑两半碗,
案板底下藏一碗。
死猫进来碰了碗,
饿狗进来用嘴舔。

对对鹁鸪靠沟飞,
人家欢乐咱们灰。
一阵阵盘算死了吧,
奶头上的娃娃撂不下。
一阵阵盘算不死吧,
挨打受气没活法。

对面畔上割青草,
人们背地说奴嫌汉小;
不是奴家嫌汉小,

嫌他长了个囚犯脑。

蓝布鞋子纳了又纳,
我把我男人给狼许下;
先吃他身子后吃他腿,
临了喝他的脑浆水。

大麻地里点黑豆,
我是你家的活寡妇。
墙头上种瓜扎不下根,
寻的那人家不合奴的心。
青石板栽葱长不成,
我在你家过得甚光景?

花开能有几日红?
只可恨那坏媒人。
不怨天来不怨地,

只怨爹娘没主意。

石榴开花叶叶长,
我妈卖我没商量。
我姐寻下个好女婿,
我妈给我寻下个尿床的。

东地葫芦西地瓢,
童养媳妇真难熬;
荞麦皮来豆腐渣,
我有男人守活寡。

婆婆叫我去打水,
担起扁担哭一回。
婆婆问我哭个啥,
扁担压得我痛呀。
婆婆要我去扫炕,

拿起扫帚想亲娘。
搁下扫帚哭一场,
扫帚的命儿比我强。
婆婆叫我去刷锅,
灶火洞口熏黑我。
婆婆问我为甚把泪淌,
我不敢说想家想亲娘。

割上猪肉倒烧酒,
请起媒人说我走,
鬼媒人就是爱吃肉,
把我说给二打流(二流子)。

一条手帕两面花,
黑心的媒人两边夸:
一说婆家地好多,
二说娘家有骡马,

又说男子模样好,
还说女子貌如花。

十五离了自家的门,
婆婆骂来公公恨。
挨刀子公公死囚汉,
水牛角婆婆门前站。
挨刀子嫂嫂砍脑鬼哥,
为甚对我这么苛?

青石头来响叮当,
我大卖我没商量。
死心肠把我卖给人,
我一辈子不回娘家门。
卖我的银钱还了账,
不给小奴做衣裳。

扁豆开花麦梢黄,
我妈卖我没商量。
红布小鞋绿线锁,
狠心的爹娘卖了我。
我大我妈爱银钱,
把我卖给王家塌。
一卖卖出十八里,
人家吃干我喝稀。

太阳出来不高高,
瞭见娘家柳梢梢。
望着娘家后山尖,
两眼不住泪涟涟。
看见娘家柳树条,
我想我娘谁知道?

天上的星星陪月亮,

别家都比我家强。
穷来富圪我不嫌,
单恨那驴日的抽洋烟。
你抽洋烟我刮灰,
好人抽成个刮野鬼。
半夜里得病鸡叫时埋,
临明还做一双上马鞋。

前院红火抢丧送灵台,
后院里红火我上马来。
三棵大树平摆开,
我给我男人做棺材。
房上滴水瓦扣瓦,
你小子死了我守寡。

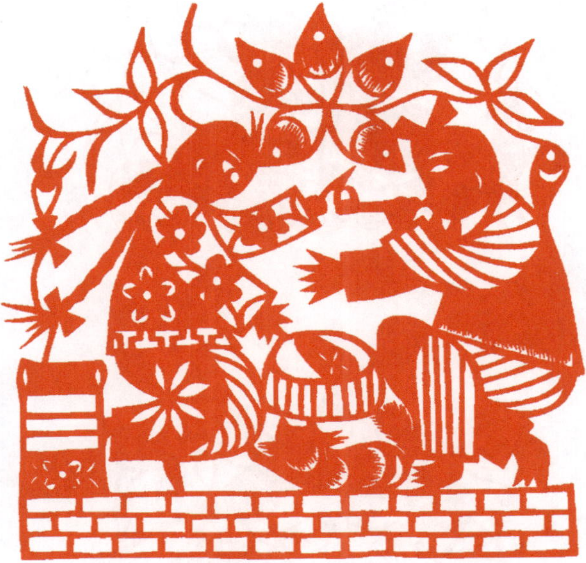

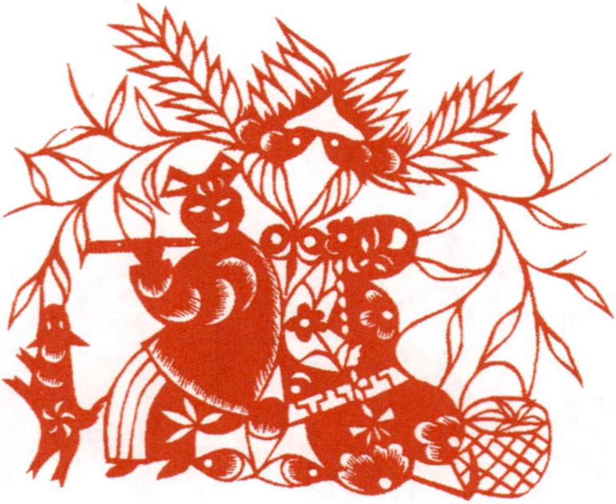

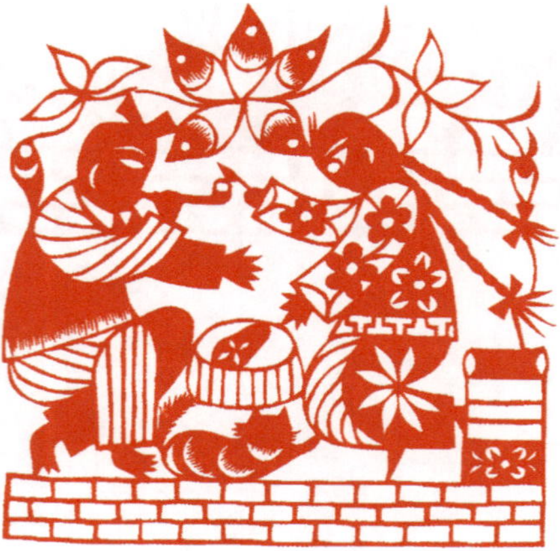

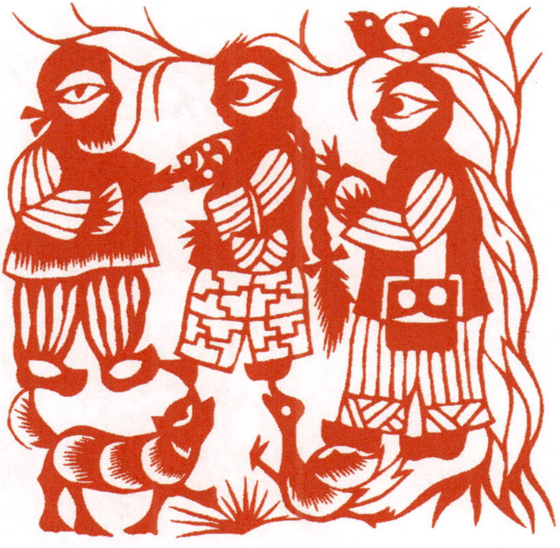

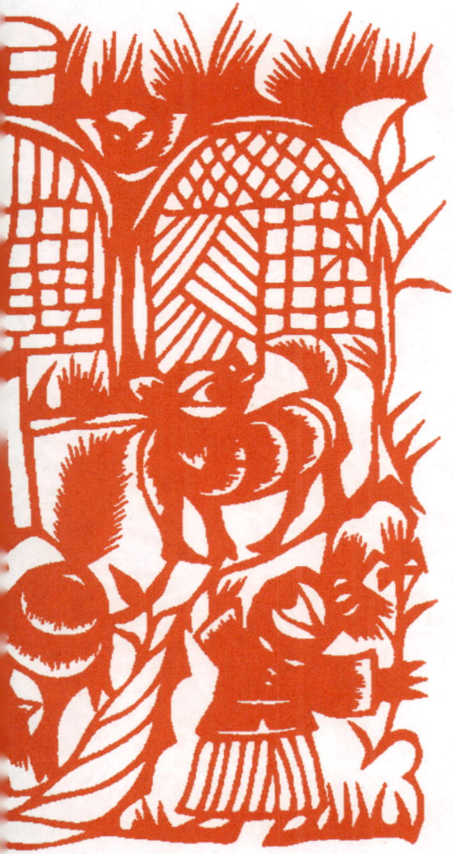

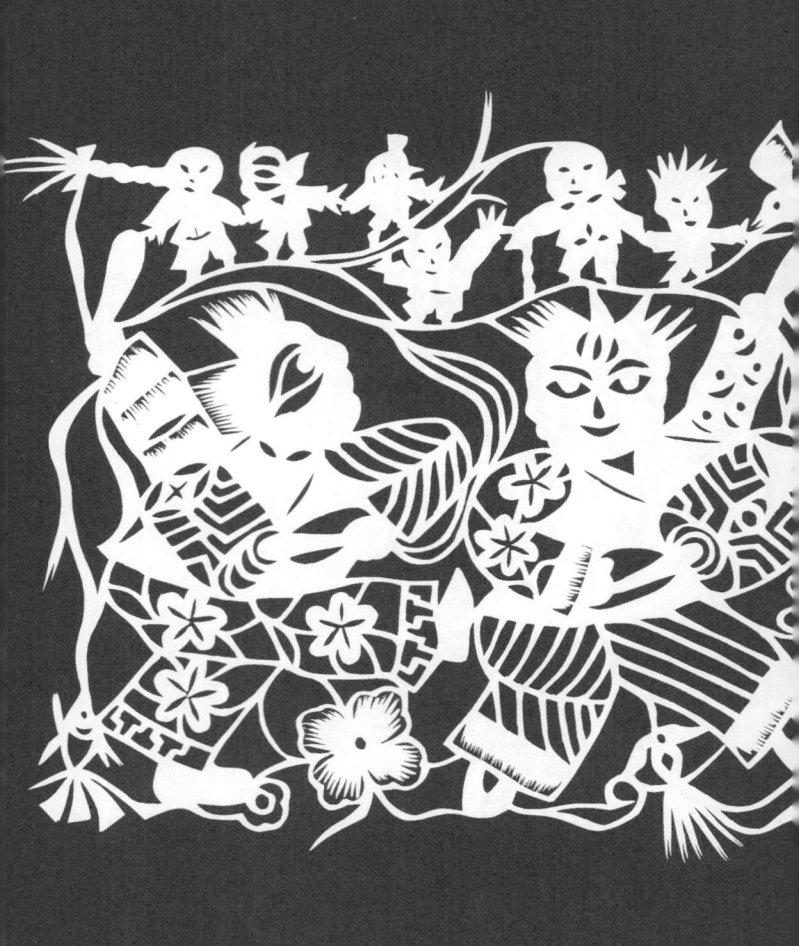

第二辑 你把你的白脸脸调过来

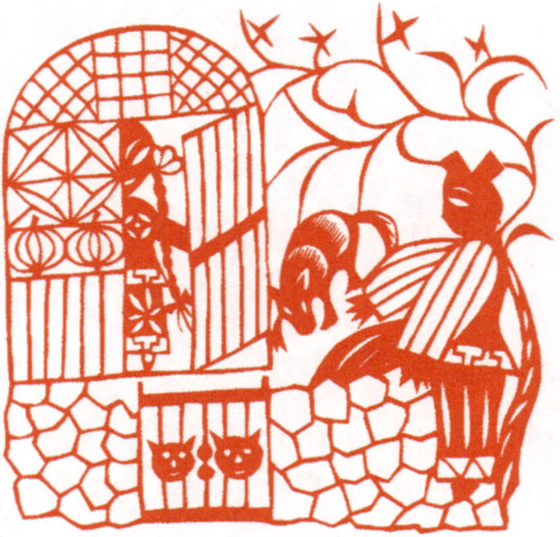

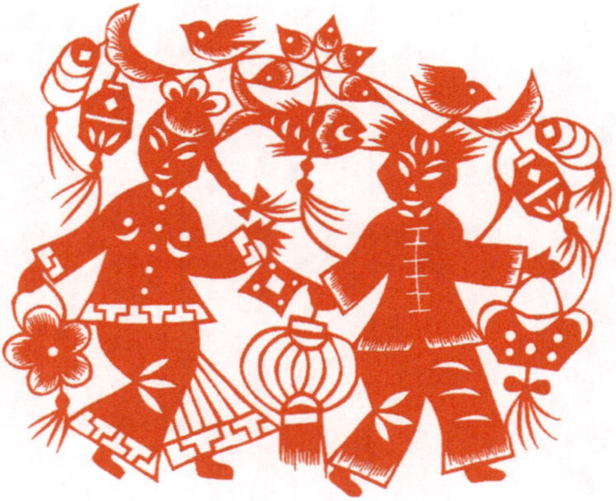

四十里长洇羊羔山,
好婆姨出在咱张家畔。

水圪灵灵苹果脆圪铮铮咬,
看见妹妹我的心乱跳。

长长的豆面清清的汤,
我采连翘花给妹戴上。

马里头挑马四银蹄,
人里头挑人挑着妹子你。

数过那青苗高粱高,
赵家沟的女娃子数银妞好。

棉格楚楚胳膊俏格溜溜手,
没钱给你打手镯我心犯愁。

妹妹生了一对黑眼睛,
就像草上的露水珠颗颗明。

十五的月儿满窗子亮,
隔窗子看见你好模样。

对面圪梁梁那是一个谁,
莫不是我那勾命的三妹妹?

白格生生脸脸太阳晒,
嫩格生生手手掏苦菜。

野雀雀落在胡麻地，
小亲亲想得我难出气。

干妹妹你好来实在好，
哥哥早把你看中了。

大河那个冰凌往小河里转，
你把那个哥哥的心缭乱。

酸汤荞面辣子红，
大女子吊辫爱死个人。

妹子身材实在是好，
走起路来水上漂。

妹子身穿一身蓝，
走起路来水漂船。

大红公鸡毛腿腿，
不想妹妹再想谁？

麻阴阴的天来蒙生生的雨，
马身上丢盹想起妹子你。

半夜里想起了干妹妹，
狼吃在山上不后悔。

牛走大路虎走崖，
不为看你我不来。

千里的雷声万里的闪，
远路上想干妹子也枉然。

一双红鞋两个尖尖，
忘不了妹妹的白脸脸。

山丹丹花儿背洼洼开，
你把你的白脸脸调过来。

打碗碗花来遍地开，
你把你的白脸脸调过来。

对面山上一根柴，
你把你的白脸脸调过来。

红鞋绿鞋蓝格楚楚鞋，
你把你的白脸脸调过来。

生生的情世世的爱，
你把你的白脸脸调过来。

百灵雀子满沟沟飞，
你是哥哥的勾命鬼。

白灵子雀雀白灵子窝，
哥哥没娶下好老婆。

白灵子雀雀白灵子蛋，
干妹子没嫁下好老汉。

婆姨好来妹妹好？
大辫子姑娘的心儿好！

张家砭那疙瘩数谁好？
杏花妹子二旦嫂。

杏花妹子把话捎，
五更天起程把她盹。

白格生生脸脸太阳晒，
巧格溜溜手儿掏苦菜。

二细箩子箩白面，
你是哥哥的牵魂线。

麻雀落在麻根底，
地久天长干妹妹。

大青山高来乌拉山低，
十三省地方挑下你。

镰刀弯弯割豌豆，
你是哥哥的连心肉。

上一道坡坡下一道道梁，
看不见妹妹我好心慌。

山羊绵羊一垯里走，
我和妹子手牵手。

拿上个馍馍敬黑狗，
今黑夜我要把妹妹搂。

我抱住肩膀你搂住腰，
浑身的毛骨都酥了。

你是哥哥的命蛋蛋，
搂在怀里打战战。

一把拉住妹子的手，
拉拉扯扯口对口。

冰糖砂糖都尝遍，
没有三妹妹的口水甜。

妹妹好比冷石头，
怀里焐热实难丢！

羊羔羔吃奶双圪膝跪，
连心挂肉的干妹妹。

胭脂盒盒粉罐罐，
你是哥哥的命蛋蛋。

对面山上一株艾，
见了妹子就想搂在怀。

东山的核桃西山的枣，
交了一回妹子数你好！

我想妹妹得了病，
十三省也没有好医生。

怀里揣了个羊羔头，
我和干妹妹头对头。

怀里揣一块羊羔肉，
我和干妹妹肉挨肉。

杜梨开花白刷刷，
你是哥哥的命疙瘩。

三斤葡萄二斤枣，
妹子的好心我知道。

一把搂定妹妹的腰，
好比大羊疼羊羔。

抱住肩膀亲个嘴，
细声细气喊妹妹。

粗粗的辫子红头绳，
两边又梳两根红缨缨。

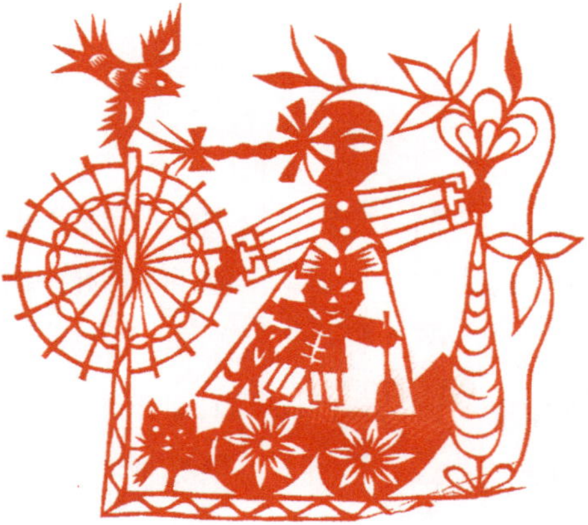

弯弯的眉毛杏子眼，
两耳又戴银环环。

花丝葛的衫衫身上穿，
裤腿下脚儿实好看。

妹妹好比一根葱，
金裹银来银裹金。

天上星星一颗颗走，
我跟妹妹没盛够。

白市布衫子四叶叶裁，
越盛越亲离不开。

杨树高来扫帚草矮，
三哥哥把四妹妹搂在怀。

端格溜溜脸儿毛格茸茸的眼，
搂在怀里还想着多会儿能
　再见？

大红果子酸楂楂，
远路上闪得你害娃娃。

擦一把鼻子抹一把泪，
好女人不跟咱拦羊的睡。

帽壳壳揣几颗山野鸡蛋，
你要不嫌弃咱今黑夜见。

要吃砂糖化成水，
要吃冰糖嘴对嘴；
砂糖冰糖都吃遍，
没有干妹妹的口水甜。

八月里来八月八,
我和妹子拔胡麻;
拔下胡麻一条根,
我和妹子一条心。

纸糊的灯笼绿宝盖,
自幼爱的是短毛盖(短发)。

倒坐门槛丢了一个盹儿,
妹妹唱甚入了我的耳。

白生生脸脸糯米牙,
笑嘻嘻的口口说些啥?

捉着你的胳膊拉着你的手,
难说难笑难开口。

山羊绵羊都赶上,
我和妹子相跟上。

山羊绵羊一垯里卧,
我和妹子一垯里坐。

头一回看妹妹你不在,
你妈给我吃扁豆捞饭熬
　酸菜。

我在圪梁梁上妹妹你在沟,
看见了哥哥妹妹你就
　摆一摆手。

对面山上一道道湾,
俏格铮铮妹子似赛天仙。

太阳上了对面台,
响吹细打娶你来。

天上的星星成对对,
想起妹妹没瞌睡。

镰刀弯弯割豇豆,
你是哥哥的心头肉。

骑上骆驼狗咬腿,
你是哥哥的勾命鬼。

苜蓿结籽谷穗穗长,
你在岭东我在西圪梁。

煮下些钱钱下了些米,
大路上搂柴瞧一回你。

山羊绵羊分开来走,
个儿中意的个儿瞅。

心急像个热锅上的小蚂蚱,
要去看妹妹跑死了马。

黑驴子推磨巧姐姐箩,
对面山上下来个孔二哥。

一对对鹁鸽子顺墙根走,
终究脱不过我的手。

山丹丹花儿背洼里开,
鬼门关上寻我来;
祷告阎王爷行方便,
我舍不下阳间的小莲莲。

老麻子开花结疙瘩,
我一心想我姑舅大
（父母的表兄弟）。
你再不要叫我姑舅大,
我给你买了个银卡卡。

白格生生胳膊巧格溜溜手,
你给哥哥梳上个头;
梳头中间亲了一个口,
你要什么哥都有。

一爱姐姐好人才,
十人见了九人爱;
二爱姐姐好头发,
梳子梳来篦子刮;
三爱姐姐好眉毛,
眉毛弯弯一道桥;

四爱姐姐白脸脸,
官粉搽来胭脂点;
五爱姐姐小手手,
十指尖尖白葱头;
六爱姐姐好衣裳,
虽是粗布也好看;
七爱姐姐好身量,
站着像是一炷香;
八爱姐姐好眼窝,
就像鹦哥把话说。

哥哥出门天气阴,
山河水涨我不放心;
叫一声妹子你放宽心,
山河水涨我相跟人。

扁担挑水担钩长,
双手把住担钩梁;
家中还有半缸水,
不为挑水是为再看你一回。

一进大门没拉上话,
心里揣了个大疙瘩;
搂妹妹入了我的怀,
心上的疙瘩才化开。

白灵子过河不落地,
忘了娘老子忘不了你。

三十三颗荞麦九十九道棱,
妹子再好是人家的人。

三十三颗荞麦九十九道棱,
妹妹是哥哥的心上人。

麻不过花椒辣不过酒,
甜不过干妹妹的小舌头。

前沟里下雨后沟里晴,
我为亲人许下一口牲灵。

洋烟开花四片片,
照见三妹子的白脸脸。

洋烟开花红上红,
照见三妹子似百啭莺。

洋烟花开白片片,
我爱妹妹的白脸脸。

洋烟高来妹子低，
照不见妹妹在哪里。

俊格旦旦妹子不是凡人样，
好似天仙下凡像。

半夜想去看妹妹，
狼吃狗咬不后悔。

马走大路一道道线，
咱二人吊线谁看见？

你给哥哥说来你给哥哥笑，
你给哥哥唱个改良调。

对面沟来对面圪，
照不见妹子在哪垯？

山羊绵羊一路路走，
咱们两个手拖手。

民国世事不长远，
活上一天算一天。

东山的韭菜西山的葱，
三妹妹好像穆桂英。

你妈妈生你好人才，
长头发剪成短毛盖。

喜鹊尾巴长又长，
娶了婆姨忘了娘。

买起马来装起鞍，
娶了媳妇管吃穿。

老娘说话不中听,
婆姨说话你笑盈盈。

一对对绵羊并排排走,
一把把拉住妹妹的手。

井里绞水桶里倒,
妹的心思我知道。

我交的人儿模样强,
赛过皇上的正宫娘。

荞麦花儿粉英英,
我爱妹子的口唇红。

站起好比一炷香,
走路好像活娘娘。

月亮跟前的红云彩,
妹妹生得好身材。

三苗苗榆树两苗苗高,
姊妹三人数你好。

大的大来小的小,
剩下二的正好好。

绿格铮铮清油炒鸡蛋,
笑格嘻嘻干妹子碰畔上站。

你骑骡子我骑马,
丢下毛驴驮娃娃。

打了个活呀(哈欠)流眼泪,
忽然想起我的干妹妹。

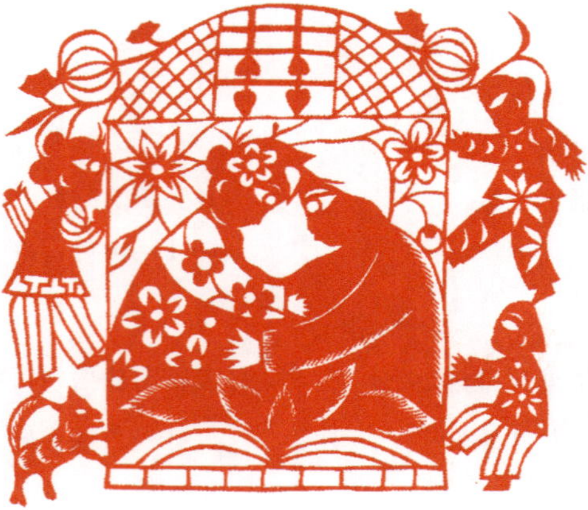

五寸刀子乌木鞘，
为交妹子坐监牢。

走了丢不下心里的肉，
只好在外边犯忧愁。

山羊皮袄皮腰带，
你的脑袋我不爱。

白格生生脸儿眉弯弯，
情人虽好在哪一川？

你在东来我在西，
心上好比刀子劈。

千里路上捎书信，
言说妹妹归了阴；

妹妹的阴魂不要散，
咱们梦里再相见。

梆梆铃来草笼嘴，
张家畔来了些楞灰锤。

有朝一日由了我，
把你引在我们伙（家）。

手扒窗棂自来的风，
白脸脸走了你再日能？

羔子皮袄领子大，
瓷脑人当龟[1]天生下。

---

[1] 瓷脑人当龟：陕北方言，指被戴了绿帽子。

前窑里点灯后窑里明,
白生生脸蛋还没活下个人[1]。

大河畔上种黍子,
好媳妇寻下个灰杵子[2]。

前锅里羊肉后锅里饭,
炕头坐了一个尿老汉。

有朝一日天睁眼,
再和妹妹盛两天。

洋烟开花到垯沟,
找不上好汉交朋友。

好骡子好马自己走,
好婆姨好汉天配就。

这山照见那山好,
赶到那山一样样高。

隔山照见干妹子好,
不知道干妹子脚大小?

你妈妈生你实在好,
两个小脚把事闹坏了。

人家养女一门亲,
你家养女揽长工。

---

1 陕北方言,此句意为模样好却没找到可心人。
2 灰杵子:陕北方言,指脑子不好用。

人家养女对成双，
你家养女老坟里葬。

清水水玻璃隔窗子照，
红口口白牙牙冲我笑。

天上星星配对对，
人人都有个干妹妹。

生地洋芋结五颗，
哥哥念书无奈何。

石头河湾长流水，
越走越远越后悔。

牛走壕里马走畔，
交下朋友勒马转。

吴旗川来不好盛，
风吹树响心慌死个人。

走头毛驴上垴畔，
我的妹妹把鞋换。

你不要嫌我倒踏踏脚[1]，
这两天事忙没拾掇。

金稻黍出标红缨缨，
妹妹骑驴我牵绳。

金稻黍开花结不郎，
你虽无钱我看得上。

1　倒踏踏脚：指腿脚不利索。

金稻黍出标结不郎,
虽然脚大好心肠。

羊肚子手巾三道道蓝,
民国世事女缠男。

烟筒里卷烟房梁上灰,
我叫你小子当两天鬼。

毛驴推磨铜笸箩,
翻墙过来个表兄哥。
头上衬帽戴烂了,
毡眉鼠眼又来了。
嘴里不说心里话,
来来往往为个啥?

大路畔上种胡麻,

一心想和干妹子说句话。

妹妹长得标致了,
不给哥哥说话了。

一对花猫灶台上爬,
民国的事儿怕个啥。

大路畔上种麻子,
一心想我小姨子。

大米干饭羊腥汤,
主意打在你身上。

大大是天妈是地,
婆姨就是命根系。

荞麦开花红根根,
民国的世事乱纷纷。

荞麦开花花爆头,
我今年学下个交朋友。

家又大来窑又深,
红火人走了不好盛。

月白布衫袖袖宽,
走得风浪扬得展。

生得不大长得好,
走起好比旋风绕。

走头毛驴上硷畔,
店家老婆把鞋换。

黑老鸦落在猪身上,
你走娘家我跟上。

对面洼洼里牛吃草,
白脸脸齐应彪过来了。

太阳出来照高岭,
我妈生我当学生;
学生好当书难念,
生活痛苦没有钱。

你赚的银钱都给我,
一辈子不要娶老婆。

洋烟瘾难退,
野鬼好刮家难回。

一口洋烟两口灰，
好人都抽成洋烟鬼。

树叶落到树根底，
红红火火二十几。

石头打树雀飞光，
几天又回来一双双。

石头打树雀飞完，
不过几天咱又见面。

三棵榆树两棵柳，
寻不下好男人交朋友。

叫一声妹妹再不要照，
哥哥不久就回来了。

三颗星星两颗明，
一颗不明横天星。

你要咋算就咋算，
我就这破房一间半。

老天爷做事真不公，
为啥我祖祖辈辈受苦穷？

要穷就穷也安生，
赃官狗腿子紧催命。

为人哪个不想活，
这种光景实难过。

风吹芦草忽闪闪，
新交的朋友蜜甜甜。

红豆豆开花扯蔓蔓,
新交的朋友面黏黏。

倒坐门槛抽纸烟,
这一次走了得几年?

绵羊毛软来山羊毛绒,
这么一点事情难为情。

娘家生来娘家长,
娘家的朋友不久长。

妹妹的男人一十六,
一十七岁上走西口。

对面圪上牛吃草,
亲人念得咱耳朵烧。

芦花公鸡叫明哩,
你娃娃是次羔还小哩。

也不大来也不小,
三寸鞋面窄条条。

白洋布裤带双挣上,
咱俩死活相跟上。

一步走了一扎扎,
不情愿走你盛下吧。

荞麦皮子飞过墙,
交朋友就是这下场。

有朝一日天睁眼,
马背后捎你上定边。

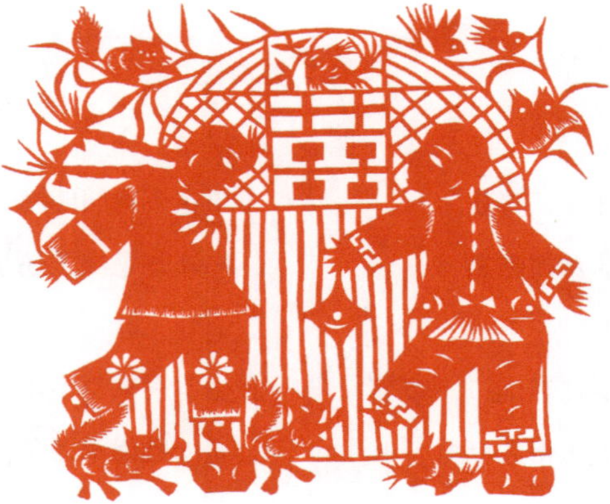
囍

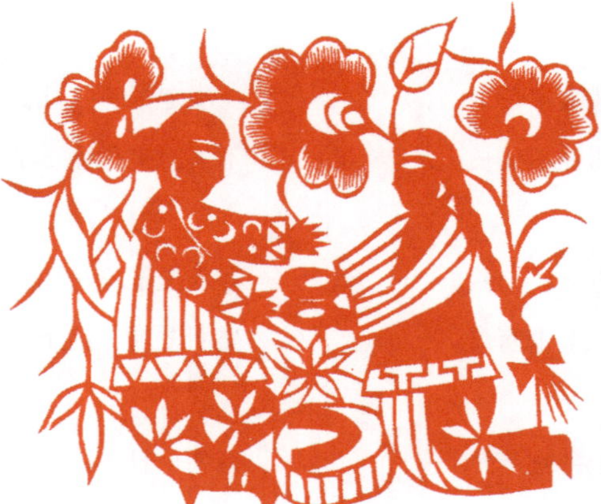

银子和钱堆成山，
心思不对也枉然。

抽洋烟想起烧烟的人，
小妹不在过不了瘾。

洋烟好吸苦难受，
年轻轻抽成个二打流。

灯瓜瓜点灯转圈圈明，
烧起洋烟想起心上人。

西北风下雨东北风晴，
宁打光棍不把婆姨寻。

葫芦开花一片片蓝，
你看为朋友难不难。

心上麻烦唱一声，
人家还说咱贪花红。

三条杠高来两条杠低，
不为梦湖[1]单为你。

人家有钱咱无钱，
灰溜溜坐在炕沿边。

炕头上放下二百钱，
炕圪唠又坐个龟头汉。

再不要骂哥哥是没头鬼，
三百块二百块给你捎回。

---

1 梦湖：此指玩纸牌的一种方式。

白布衫子滴上一点油，
人样子好来脚太丑。

麻雀落在柳林里，
朋友不来哄人哩！

红瓤子西瓜黑子多，
好人稀少坏人多。

二毛筒子调大氅，
坡洼上来了个黄队长；
不是队长是个谁，
胯子下吊了个子弹锤。

缨缨头来倒撒手，
掏钱多少再没有。

早起馍馍晌午糕，
黑夜里拿起切面刀。

小米钱钱洋芋蛋，
窝窝酸菜家常饭。

出门的狐子回家的狼，
你看我吉祥不吉祥。

碰见狐子当成狼，
跑到庙里许下羊。

高点明灯纳布鞋，
狗咬狼撵你才来。

白布衫子黑裥裥，
红火人走了灰塌塌。

白布衫子黑褂褂，
这么好的人儿没下家。

一园子白菜两园子葱，
宁交老百姓不交兵。

扁豆开花卧金牛，
娘家好盛没人留。

叫一声洪天喜你盛着，
我给你扫槽喂走骡。

民国世事冻烂的姜，
快枪不如红缨枪。

南瓜秧子爬冷地，
受的罪像是演的戏。

三杆梅笛两杆箫，
谁吹的梅笛这么好？

碰见狐子当成狼，
捧起黄土往外扬。

擦了个洋火冒一股烟，
咱俩的名声扬了个远。

当天下雨四边晴，
毬事没干担个嫖客名。

山丹丹开花满坬坬红，
先交朋友后交心。

你给我扯一尺白绫子，
我给哥哥绲一个衬领子。

三斤葡萄二十颗枣,
妹子的好心哥知道。

芦草开花花空筒筒,
找下个公家人小伙我乐融融。

葫芦开花六瓣瓣黄,
火车头倒比那飞机强。

人人都说交朋友好,
谁害心病谁知道。

阿弥陀佛老天爷,
咱们两个没有结。

狗咬三声鞋底子响,
猫眼眼瞪在窗棂上。

黑袄黑裤武装带,
人好心好脾气赖。

骡子推磨转头头大,
撂恶煞的妹子天生下。

想你想得我眼花花转,
二饼子当成个二万贯。

羊肚子手巾两道道红,
毬事没顶扬下些名。

老丈母娘亲来老丈人爱,
合心的婆姨可脚的鞋。

要吃樱桃把树栽,
要交朋友捏手来。

骡子卖了马不盛，
伙计打发了干不成。

三站改成两站走，
熬死赶活为朋友。

拔起沙蒿带起土，
想起朋友上长路。

毛头柳树空圪瓣，
我男人是个二圪梁。

芦花公鸡扇膀膀，
我和妹妹常交往。

榆林城来四面河，
不卖婆姨吃什么？

白葫芦开花头对头，
因为爱耍交朋友。

山地麻子叶枯萎，
好人都有些干妹妹。

胡麻开花五颗颗，
好人都有干哥哥。

大星星落在塄畔上，
咱二人拉手相跟上。

红鞋绿鞋扎花鞋，
叫一声妹子你到谷坪来。

管他久长不久长，
交上三天两后响。

管他久长不久长,
偷吃的东西口味香。

几时我能在你身上撑,
旱蛤蟆浮水蹬几蹬。

你妈妈打你你给哥哥说,
为什么倒把个洋烟喝。
我妈打我无处说,
因此上才把洋烟喝。

洋烟本是外国草,
谁喝洋烟谁倒灶。
喝了洋烟上了吊,
送了你的嫩命谁知道?

老娘病了要吃梨,
又没街来又没集。
婆姨病了要吃梨,
又有街来又有集。
不怕大风和大雨,
买个饼子买个梨。
拔掉梨把削梨皮,
塞到婆姨手心里。
别叫老娘看见了,
老娘看见没好气。
别叫老天看见了,
老天看见打雷劈。
细嚼烂咽莫吭气,
梨核撂在炕洞里。

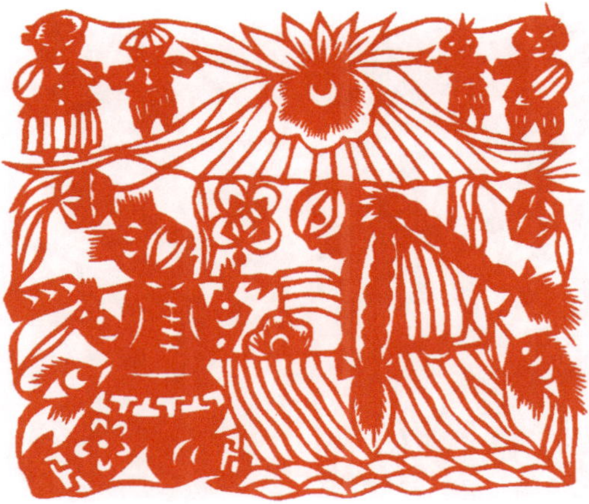

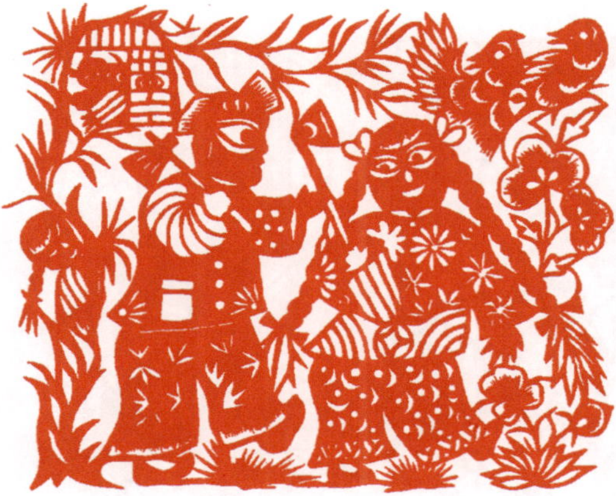

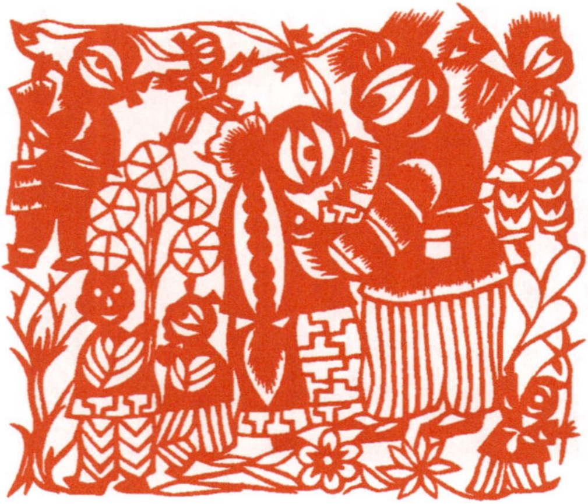

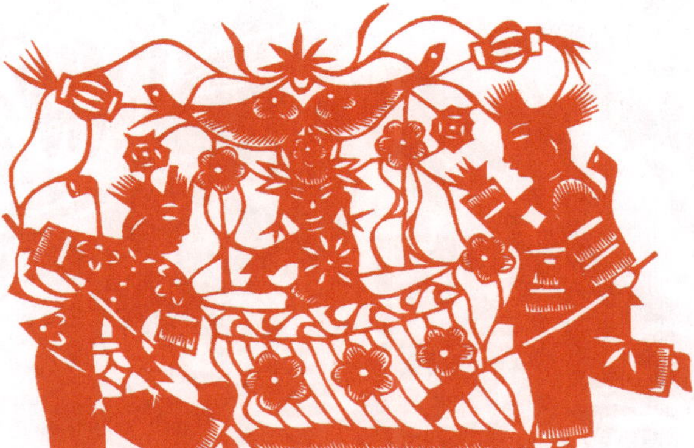

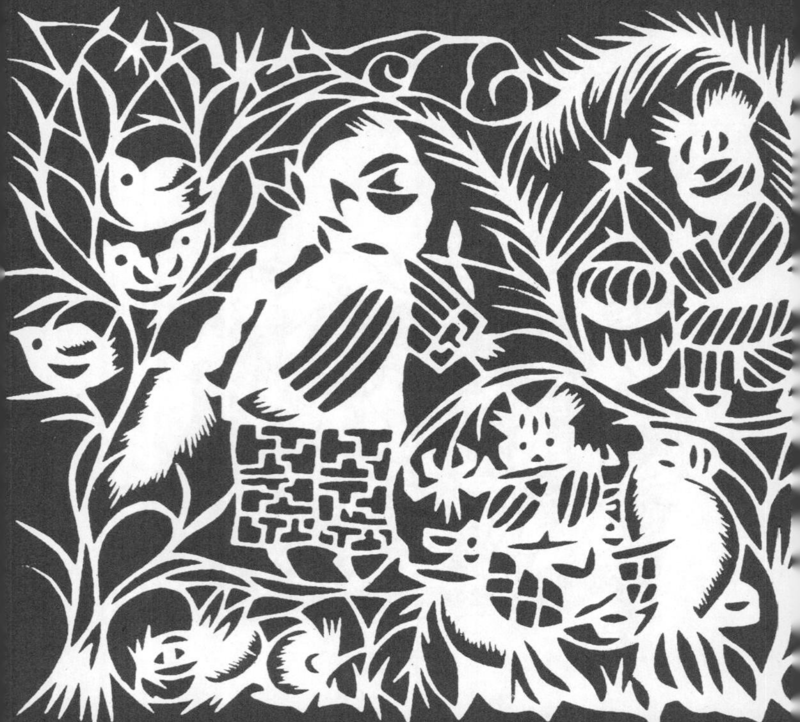

第三辑

树叶叶落在树根底

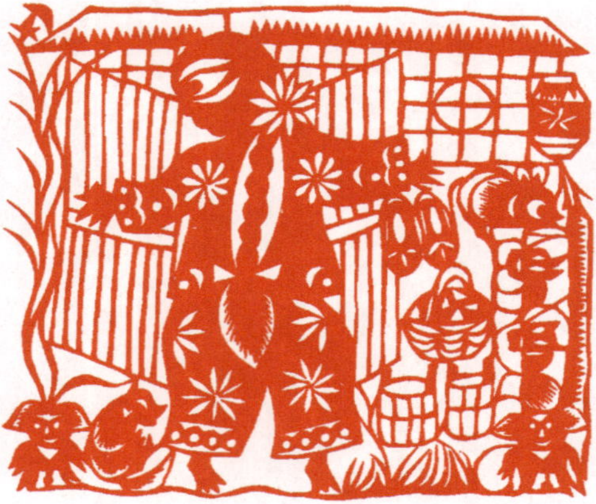

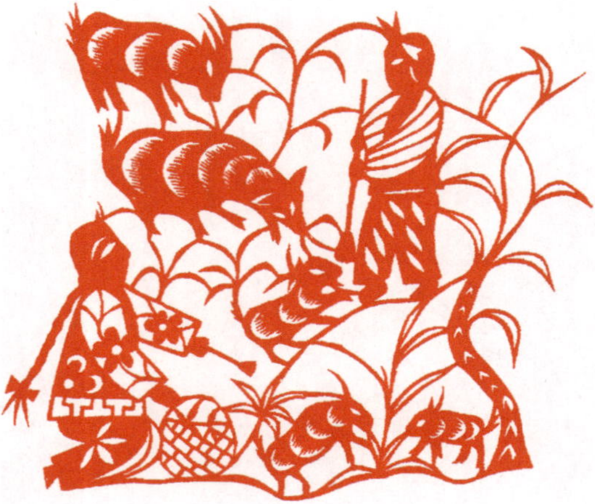

树叶叶落在树根底，
红火热闹二十几。

树叶叶落在树根底，
挨打受气全为你。

树叶叶落在树根底，
忘了我妈忘不了你。

树叶叶落在树根底，
今生今世爱着你。

树叶叶落在树根底，
死来活圪跟着你。

树叶叶落在树根底，
走江湖亲的还是三边的圪圾里。

小麻雀吃高粱，
飞来飞去上到树上。

石夯高起又端放，
小心撂在脚片上。

鸡娃子叫来狗娃子咬，
红火不在人多少。

鸡娃子叫来狗娃子咬，
揽工的哥哥回来了。

大榆树上画条龙,
我妈妈生我混天星。

王庄有个大闺女,
也会唱来也会扭,
也会扎花描枕头,
也会割草喂牲口。

今日七明日八,
早早到了我婆家。
墙头上种瓜扎不下根,
寻下个婆家不可心;
大麻地里点黑豆,
我在婆家日日愁。

人上三十马下鞍,
黄风雾气刮过山。

柿子下架枣又红,
除过你以外我还有人。

杂草盘不住芦草根,
好盛的妹子不只你一人。

麻雀雀落在黄蒿林,
二不愣后生跟一群。

明雷打闪一条线,
混天星落在这道院。

世事不定骑好马,
三十年的黄风总要刮。

对面山上牛喝水,
谁爱你那号秃脑鬼。

骡子叫唤要草啦，
你娃子俏皮还小啦。

爷爷的锄把接在手，
大石砭再穷我不走。

灰马搭一条布口袋，
灰小子长一个灰脑袋。

拦羊的嗓子轰隆隆，
山老鸦叫唤怪难听。

成事没见你这个臭脑货，
湿柴再烧点不着火。

前街上点灯后街上明，
当街有个白娃红。

胡皮头庄子硷畔高，
白娃红出来人人照。

白娃红来命不强，
寻了个赖子是个二圪梁。

洋芋开花结榴榴，
寻不下好汉交朋友。

索牛牛开花蓝上蓝，
保甲长净是些卖脑汉。

对面洼上圪枝梢，
跟上哥哥走高桥
　　（在延安附近）。

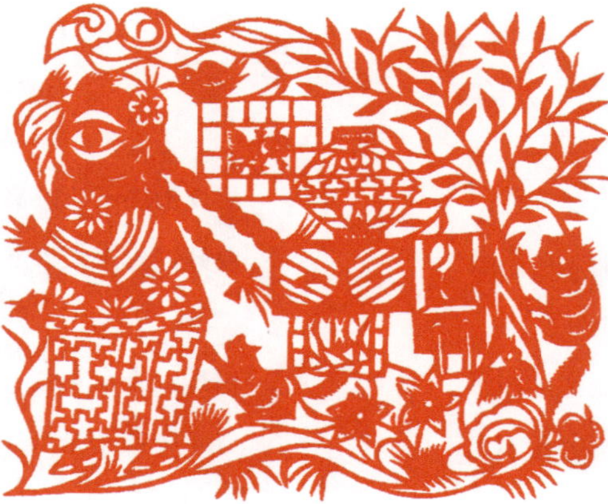

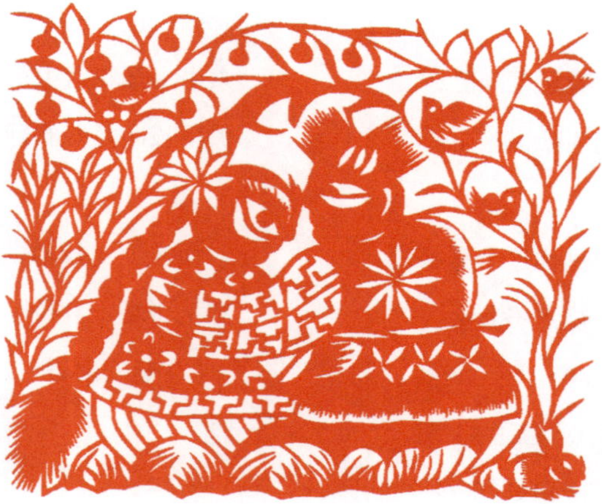

高桥高来妹子低,
走一回高桥来看你。

牛走大路羊爬坡,
你给妹子换手镯。

白银蹄白马它不走,
我给咱交上个新朋友。

大路畔上种胡麻,
千里路上遇缘法。

眼看妹妹心思变,
再不把哥哥看一眼。

芦花公鸡冠冠尖,
跟上哥哥照相片;

照相容易寄相难,
哥哥你甚时回延川?

狗腿衙役不是人,
见了女娃娃就把嘴亲;
一看四下静悄悄,
把老妈妈也给捺倒了。

洋烟花花开败了,
这回娘家坐坏了。
早知情人不在家,
这一回娘家不坐它。
开开窗门看蓝天,
再坐娘家等来年。

骑上白马坐上轿,
我替我男人挂一个号(请假)。

你不在家务庄农，
一心想起个吆牲灵。

盐池上装盐延安卖，
路上路下看你来。

走回草地还是个穷，
黄蛉子倒把血抽空。

走头头骡子红缨缨，
头一把鞭子是咱庄的好后生。

打开窗子看蓝天，
几时回到保安县。

你要走来赶快走，
再不要倒照留想头。

白面馍馍烩羊肉，
我知道你这回没盛够。

荞麦皮皮满天飞，
咱两个拜成干姊妹。

对面山上鹁鸪窝，
因推取火来看我。

你妈妈生你别的都好，
一双小脚给闹坏了。

尔格（现在）的世事不由人，
打了婆姨要离婚。

麻花头上留锁锁，
锁锁不好甩钵钵。

你在山上我在沟，
说不上话咱招招手。

眉对眉来眼对眼，
眼睫毛动弹传了言。

毛驴推磨铜锣锣，
越思越想难坏我。

别人把你撂开了，
你毡眉鼠眼又来了。

当庄上有狗坡崖上有狼，
哥哥操心人撞上。

妹妹是一个昧心鬼，
你把我闷在甘洛地。

大路上马兰三寸寸高，
梦也梦你下阴曹。

烧下纸灰飞上天，
活人见不上死人见。

前三天来了能见你的面，
后三天来了鬼魂远。

望乡台上挂金牌，
有哪个死了活过来？

我妈妈生我一朵花，
浑身上下都不差。

挨刀鬼婆婆倒灶鬼汉，
哥哥来了翘眼眼看。

你赚下银钱都给我,
再不要说那娶老婆。

前院里点灯后院里明,
下院又盛活妖精。

洋烟开花红姣姣,
我和妹子一垯里跑。

晴天蓝天高格朗朗天,
什么人留下种洋烟?

洋烟开花四片片,
照见三妹子白脸脸。

庙上有个双脊兽,
我因交朋友赌过咒。

毛蓝布裤儿白腰腰,
前二年好来如今糟。

有心和你拉两句话,
老婊子夹在当旮旯。

萝卜蔓菁起了苔,
老婊子死了路闯开。

年轻的看见年轻的好,
长胡子老汉毯事了。

我俩的婚姻遇得巧,
九泉黄沙隔不了。

大锅里羊肉小锅里饭,
门里站着死囚汉。

一棵杨树四枝梢，
妹子倒把心坏了。

你穿上红鞋紫红花，
我借上钢刀把你杀。

金娃配银娃，
西葫芦配南瓜。

门相当，户相对，
玉米芯子绕脊背。

有钱的朋友炕上坐，
无钱的朋友门外过。

鹁鸪子喝了消冰水，
一阵阵欢喜一阵阵灰。

对面山上看蓝花，
有婆姨的人儿没交法。

阎家沟庄子湾套湾，
来时容易去时难。

阎家沟有个烂石头村，
出来进去没好人。

阎家沟庄子平顶房，
大大小小长疥疮。

天上星星少又稀，
地上穷人穿破衣。

竹篮担水两头空，
鸡抱鸭子合不拢。

西烂城子烂窑滩，
有好婆姨没好汉。

西烂城子不好盛，
要交朋友没好人。

下七湾子线麻多，
好人稀少坏人多。

我盼咱俩早成功，
怕把你跑成个自由兵。

盒子枪上绑带带，
你跟上哥哥当太太。

脚大脚小脸盘好，
走路好像旋风绕。

羊肚子手巾三道道蓝，
把你的俏眉眼包了个严。

青杨柳树冒了个高，
你看哥哥哪垯好？

尖尖鞋来溜溜底，
不叫姐姐不饶你！

有心给你做一双鞋，
恐怕你走了再不来。

叫一声哥来再一声哥，
你把你的手手伸给我。

毛市布裤子不扎腿，
我看你是个倒灶鬼。

日头上了西山畔，
拦羊哥哥回家转。

灶火不旺我给你扇，
缸里没水我给你担。

七月的花麻长成材，
越盛越热难分开。

白布衫子四块裁，
盛得惯了怎离开？

绣花裹肚你穿上，
不好的名声我担上。

鹁鸪落在灰堆里，
坏的日子在后哩。

又思不怨财神过，
只怨自己命太薄。

太阳出来满山红，
因为家贫揽长工。

你在外边做买卖，
忘了回家看妻来。

手拿着花镜照几照，
这几年没有那几年好。

一疙瘩石头垒不成墙，
寒窑过活的人好凄凉。

杜梨子树开白花花，
至死要说离婚的话。

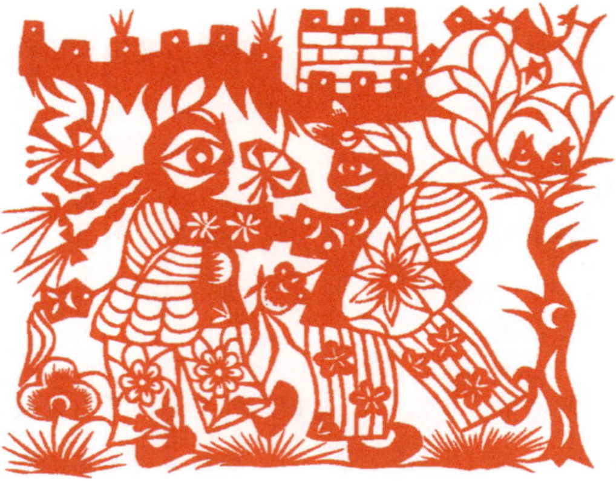

老麻子开花结圪蛋,
改朝换代寻好汉。

只见情人脸上肥,
哪知家中骨肉瘦。

不怪你驴日的脾气瞎,
只因你嘴里长狗牙。

也不大来也不小,
三寸金莲上还有绿条条。

你和人家说你和人家笑,
见了还说我灰少少
(没精神)。

叫一声哥哥不要灰,
十年八年你在我心里。

你死我亡心扯断,
妹子不死不会叫你受孤单。

洋烟花花开败了,
这回娘家坐坏了。

早知道情人不在家,
这一回娘家不坐它。

骑上毛驴门前过,
妹子在家不留我。

你有那个新交忘旧交,
你年轻轻倒把心坏了。

你有了那个人家忘了我,
你仰面面回家叫骡子驮。

哥哥叫一声妹妹你好狠心,
你哄得个哥哥活不成个人。

老天爷你好好下(雨),
叫我们俩多拉上几句话。

当一天闺女修一天仙,
当一天媳妇坐一天监。

红稻黍(红高粱)出穗尖尖长,
交朋友交在一个庄。

冰草出穗芦草高,
有了新交忘旧交。

交上新朋友沙澄金,
拉倒旧朋友活撅心。

倒坐门槛抽旱烟,
这一回出门得几年?

心里想你嘴里念,
想死想活见不上面。

红铜茶壶空身身,
妹子年轻爱死人。

一碟碟馍馍两碟碟菜,
一样样朋友两样待。

你抬举别人不抬举我,
亏你长一对倒眼窝。

红鞋绿鞋洋标鞋,
墕畔上绕手草垛上来。

对面梁上一碗水,
两口子睡觉嘴对嘴。

高高山上一碗油,
两口子睡觉头对头。

娘家伙计不叫我们盛,
庄里撂下干哥哥的心。

庄稼汉人儿比咱强,
半年消闲半年忙。

荞麦辣子菜籽油,
老婆娃儿热炕头。

五谷丰收几十担,
夜夜晚晚搂着汉。

翻穿皮袄毛朝外,
打发你爹爹走口外。

思着吃米想着田,
不要把妹妹撂一边。

你这个姑娘生得好,
走路好像那旋风绕。

老丈母娘亲来老丈人爱,
合心的婆姨可脚的鞋。

棉花地里种芝麻,
哥哥走了没盛法。

三十里吹来四十里打,
五十里纸活乱如麻。

雷声大来雨点小,
出门人儿莫心焦。

长杆烟袋对着口,
丢下妹子叫谁搂?

有心喝烟死了吧,
知心人儿撂不下。

高粱高来黑豆低,
想你想在阴曹里。

高粱地里带黑豆,
难也难在心里头。

四方方绵毡裁绒毯,
两家情愿没人管。

半斤羊肉放坏了,
倒在坡底下狼吃了。

羊肚子手巾三道道蓝,
见个面容易拉话难。

发一回山水冲一层泥,
撂下一回朋友剥一层皮。

阳畔上圪针背洼里艾,
虽然你年轻我不爱。

南瓜开花一样样黄,
大闺女篡了媳妇的行。

黄土打墙盖了房,
露水夫妻不久长。

索牛牛开花眨眼红,
露水夫妻一场空。

倒灶鬼红鞋没穿法,
为穿红鞋挨过打。

大豆开花一点青,
小豆开花蝴蝶红。

两棵桃树一条根,
两个身子一个心。

放下枕头铺起被,
瞪瓷眼窝想起妹。

月亮出来地下明,
妹子挨打哥心疼。

远看黄河一条线,
近看妹子不如前。

新媳妇长得模样好,
大辫子姑娘心眼好。

一棵白菜两条根,
一样的朋友两条心。

吃一碗羊肉没喝汤,
你有钱财我不想。

吃一碗羊肉没喝汤,
没有主意上了你的当。

喜鹊搭窝鹁鸽住,
穷庄子就咱这三两户。

拿上洋钱你不花,
回家闹你老妈妈。

山羊上树咬树梢,
闺女要把朋友交。

为人不把朋友交,
阳间三世枉活了。

马不带铃铛不会走,
人不交朋友不如狗。

荞麦开花花包头,
交下朋友解忧愁。

灯里无油捻子干,
远路的朋友是枉然。

一个庄的朋友不可交,
叫你们的老婆骂倒灶。

马高镫短手扯长,
新朋友篡了老伙计的行。

马高镫短手扯长,
魂灵儿跟在你身旁。

好马不喝沟渠水,
好婆姨不交倒灶鬼。

柴湿烟多点不着火,
知心的老友你想死我。

掏下苦菜能就饭,
交下朋友是枉然。

芦草烧火锅扛气,
路过眊眊旧伙计。

马走大路虎走山,
人为朋友把家事烂。

马走大路虎走山,
远路朋友是枉然。

交朋友交下个拦羊汉,
索牛牛马奶奶常不断。

一条大路通宁夏,
过路的朋友都住下。

宁吃芫荽不吃葱,
宁交庄户人不交兵。

骑马要骑花点点,
交朋友要交花眼眼。

砍倒大树有柴烧,
交下朋友名望高。

砍倒大树有柴烧,
交下朋友解心焦。

井台上挑水桶绳短,
交朋友容易退朋友难。

好马不吃路旁草,
没良心的朋友不可交!

房檐下雨后房檐流,
假心的朋友交不到头。

捞不成捞饭焖成了粥,
咱俩成不了好朋友。

买马不如买上个牛,
娶老婆不如交朋友。

对面圪坬里一身灰,
不是我朋友还是个谁?

你是我朋友挠一挠手,
不是我朋友扬长走。

青菜白菜黄芽菜,
交朋友倒把名声坏。

荞麦开花花苞头,
有了朋友解忧愁。

娶下老婆扎下根,
交下朋友闹怨恨。

交上庄户人常常在,
交上当兵的常开差。

人不脱衣马不离鞍,
你看当兵人难不难?

洋芋开花土里头埋,
崖畔上挠手崖畔上来。

纸糊的灯笼四方方,
自幼不爱那秃光光(光头)。

大花狸猫灶台上卧，
我不图钱来图红火。

顺天游来调子广，
调子就有几大筐；
筐子底下有个洞，
唱的全都漏光光。

正月十五庙门开，
牛头马面两边排。
阎王手持生死簿，
小鬼又拿勾魂牌。

一根杆杖两头尖，
俺娘不给俺打银簪。
打的银簪细又薄，
俺娘不给说婆家。

说下个婆家我不想交，
俺娘不给我做绫袄。
绫袄没做旧衣服凑，
娘还要给我扯裹脚布。
裹的小脚三寸长，
哥哥抱到花轿上。

一朵菊花黄又黄，
儿幼女小死了娘。
大儿二儿哭声哀，
闺女哭娘回家来。
儿媳妇出来蹦三蹦，
俺家死了个老妖精。

大榆树上野雀子窝，
隔河瞭见你妻哥；
你妻哥的心思多，

为什么不打我的庄子上过?

木匠家里破大门,
石匠墓上无碑文。
瓦匠没有高楼住,
风水先生命无主。
裁缝穿的烂棉袄,
郎中家把纸钱烧。

我送哥哥黄羊坡,
黄羊坡上黄羊多;
一只黄羊两只角,
妹妹舍不得干哥哥。

送情郎送在大门东,
可恨老天刮起了风;
刮风不如下雨的好,

下雨又能有几天盛。

送情郎送在大门南,
腰里掏出五两三。
五两银子买条驴,
丢下三钱买一把伞。

我送哥哥二门外,
二门外面种白菜。
芹菜白菜两样菜,
这么好的人儿你不爱。

八月里来八月八,
我跟哥哥拔胡麻。
割下胡麻双茬茬,
我跟哥哥打要要。

割下胡麻一条根,

我跟哥哥心连心。

三月里来三月三,
李大女娃草窑里钻,
下铺麦秸头枕草,
小银卡卡把脸扎啦。

四月里来四月八,
李大女娃墙头上爬,
她爹打来她奶奶骂,
她二大回来要活埋她。

青枝枝绿叶叶一朵朵花,
丈夫十七奴十八。
十七七十八八正玩耍,
倒灶鬼留下奴守寡。

七月里来七月七,
牛郎织女哭啼啼,
咱二人没做亏心事,
天河隔咱两岸哩。

我说你在家自由串,
你说在外好挣钱,
我说你在家务庄农,
你说要去赶牲灵。

隔河望见妹穿蓝,
红鞋把人心搅乱。
有心过去拉拉话,
隔山隔水没办法。

月亮出来月亮弯,
望见对面火烧山。

火烧野草心不死,
不见妹子心不甘。

出门一把锁,
进门一把火。
出门四五天,
烟筒不冒烟。
日落西山坡,
光棍没吃喝。

对面坡坡下来了,
清水河河过来了,
石子坡坡上来了,
花花大门进来了。

茅厕里屎壳郎没好虫,
神官巫神都是假事情。

有病就把医生请,
再不要把巫神迎家中。
巫神进了你家门,
肮脏败兴恶心人。
进门先要吃洋烟,
好酒好肉往出端。
吸了鸦片烟两三万,
死狗睡下胡盘算。
盘算盘算开了口,
从头到尾问根由。
暗在心里打算盘,
摇起羊皮鼓充神仙。
先要铡刀包头布,
存心叫你花大钱。
羊皮鼓来三山刀,
东跳西奔胡毬闹。
猛的一个倒栽葱,

嘴里乱喊神显灵。
睡在地下胡乱叫,
屈死鬼来到你家了。
将魂压在龙王庙,
快把鸡血四下浇。

一要无根草,
二要千里尘(鞋底土),
还要你泰山上边把土寻。
装神装鬼治不了病,
千方百计把钱蒙。

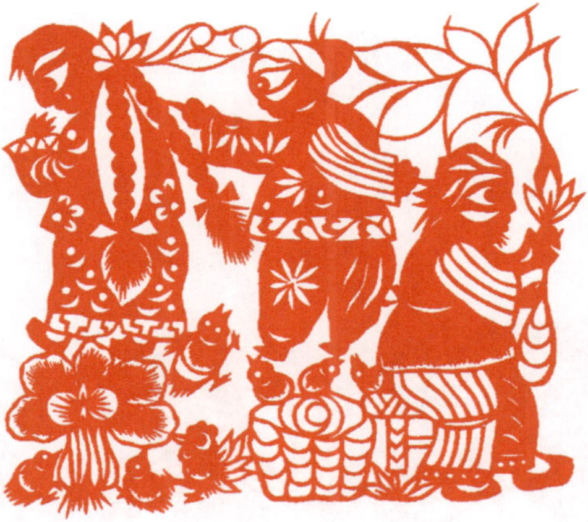

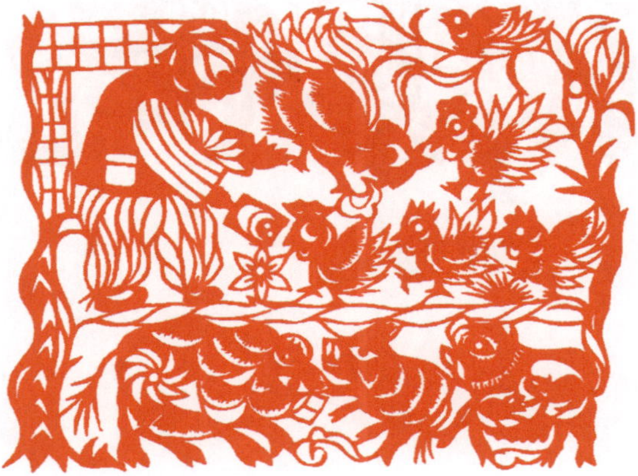

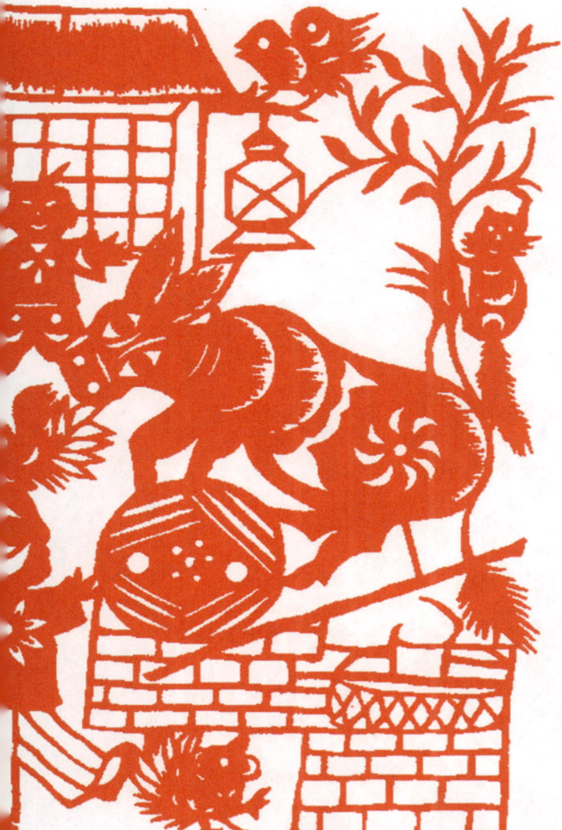

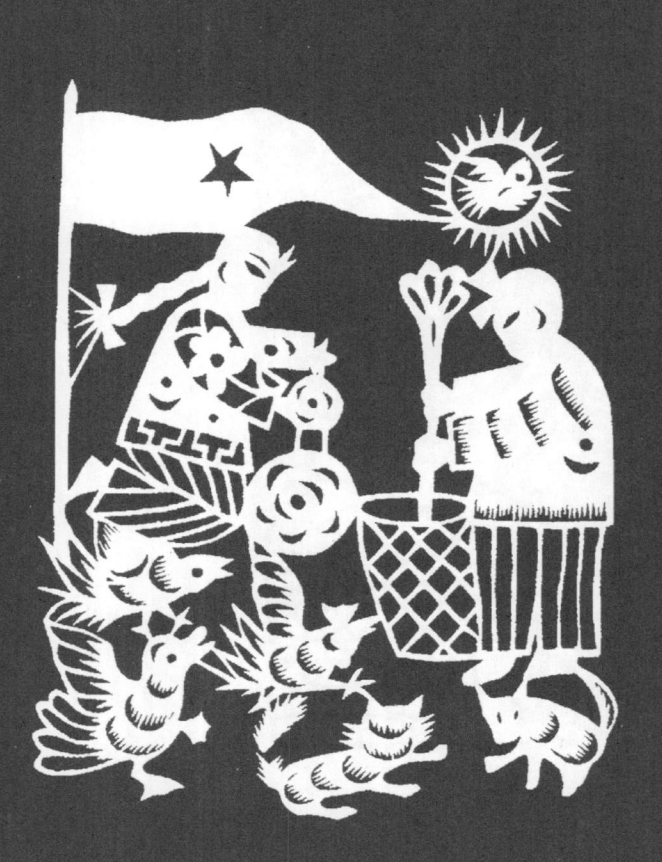

第四辑 千里的雷声万里的闪

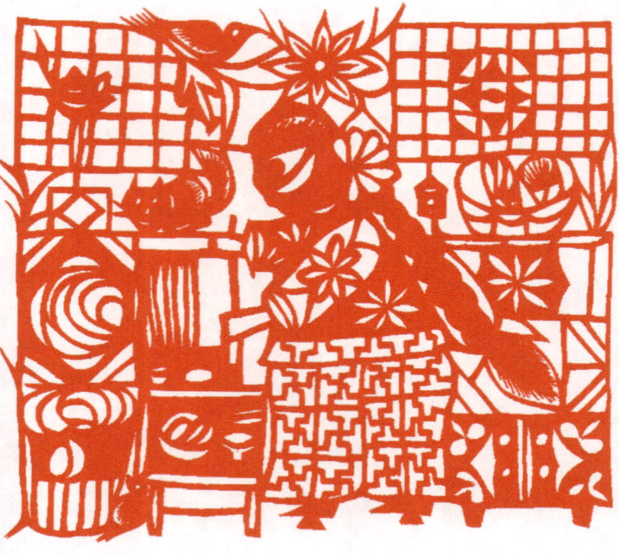

金汤街来石子坡,
富人稀少穷人多。

前沟里下雨后沟里晴,
什么人留下闹翻身?

千里的雷声万里的闪,
穷苦人跟定了刘志丹。

千里的雷声万里的闪,
咱们的陕北都红遍。

一人一马一杆枪,
一颗子弹推上膛。

一人一马一杆枪,
咱们的红军势力壮!

镇靖街来中山台,
白军跑了红军来。

人又多来马又壮,
叫一声老乡快缴枪。

曹俊章你不要禅,
红三团来了解决完。

曹俊章来着了忙,
派来队伍上城墙。

花盒子枪来五眼钢,
给咱们队伍都背上。

石山高来沙梁低,
沙柳丛里打游击。

大路上扬尘马嘶叫,
咱们的队伍回来了!

鸡娃子叫狗娃子咬,
咱们的游击队回来了!

山丹丹开花背崖崖红,
我的哥哥当了红军。

骑好马来背好枪,
多会儿再回到本地方?

三十匹马队两支号,
一杆红旗空中绕。

白军无粮又无草,
马无粮草啃黄蒿。

没粮没饷就缴枪,
犯不着老子拿命抗。

盒子枪单打反动派,
子弹有眼不打老乡。

红军来了烧一锅水,
小日本来了埋地雷。

礼义缴枪不打人,
回家劳动闹翻身。

张团的开差李团的来,
改造那三炮台
　（轻浮的女人）穿红鞋。

白军[1]走了红军来,
下湾的破鞋吃不开。

你不要嫌我大脚片,
八路军讲的不叫缠。

枣溜溜马儿银鬃鬃,
胸前你挂着望远镜。

石榴榴开花石榴榴红,
我实心心留红军哥哥你不盛。

对面洼子喜鹊子窝,
上级的命令不由我。

十冬腊月穿棉鞋,
礼拜天请假看你来。

我盼咱俩早成功,
怕你跑成个自由兵。

喜欢喜欢真喜欢,
二十五军打甘泉。

甘泉县来三道川,
二十六军扎劳山。

---

[1] 白军:指国民党军队。

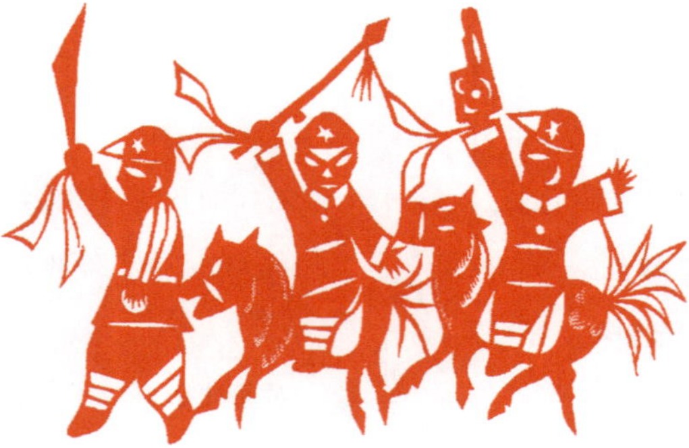

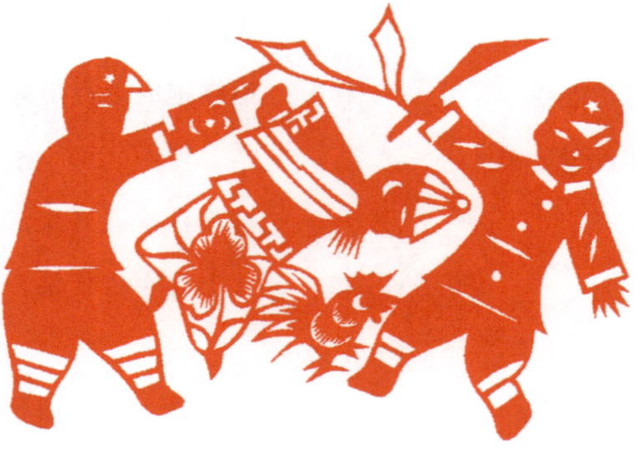

一连走了二连来,
黑脸哥哥(指黑道上的人)
　　吃不开。

二号八音(手枪)红穗穗,
马后又捎黄被被。

蒺藜花开在墙畔,
八路军伙里挑好汉。

葭吴绥米[1]红军占,
白军当兵的早些变。

叫声士兵你早些变,
一家人何必拉火线?

脱节牛[2]背肩上,
打开县城捉县长。

县长怕得直磕头,
看我们红军牛不牛?

黄米干饭豆芽菜,
我把咱红军好款待。

镰刀斧头老镢头,
砍开大路穷人走。

1　葭吴绥米:指佳县、吴堡、绥德、米脂。

2　脱节牛:指一种土枪。

红豆角角熬南瓜,
谁交白军双眼瞎。

交了腊月过腊八,
红军打开南沟岔。

吃糖要数冰糖甜,
人里边亲不过刘志丹。

眼泪顺着筷子流,
子孙世代想老刘。

吴旗县来八道川,
川川老刘都走遍。

长枪短枪马拐枪,
跟上老刘走南梁。

马嘶人闹乱嚷嚷,
镇靖街缴了白军的枪。

胆大的白军来反攻,
听咱的机关枪一哇声。

打了安边打横山,
现在要打寺儿畔。

盒子枪一响吱吱价准,
骂一声排长是个卖脑龟子孙。

他们是命咱也是个命,
不和他拼命就活不成。

六月里来热难当,
双湖峪闪上个艾团长。

艾团长来领大兵，
一心要想打红军。

一路放火老平稳，
掳的些牲畜好骑乘。

守卫放哨总操心，
把个艾团长当老人。

走狗坏种头边行，
艾团长后排连大营。

掳起的毛驴快快走，
赶明要到苗家沟。

只顾走来不顾看，
二郎山碰上刘志丹。

刘志丹的名声大，
艾团长听见害了怕。

艾团长领兵往回退，
蛇沟里出来一纵队。

一纵队的火力硬，
打得艾团长撑不定。

艾团长上了寺儿畔，
山里下来个红二团。

红二团，袖子短，
双手撲起擂炸弹。

不该死来有救星，
猛然来了个小张营。

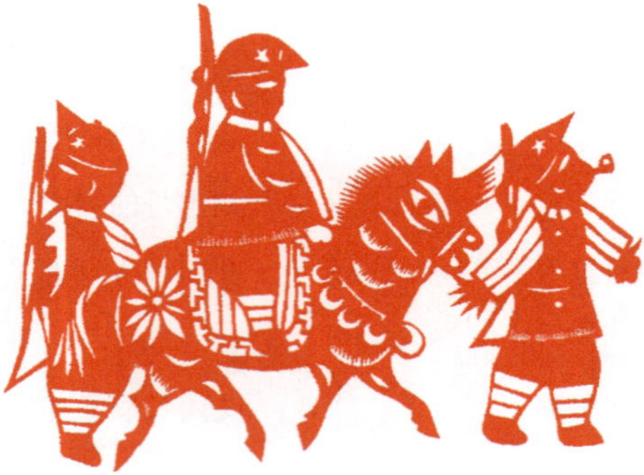

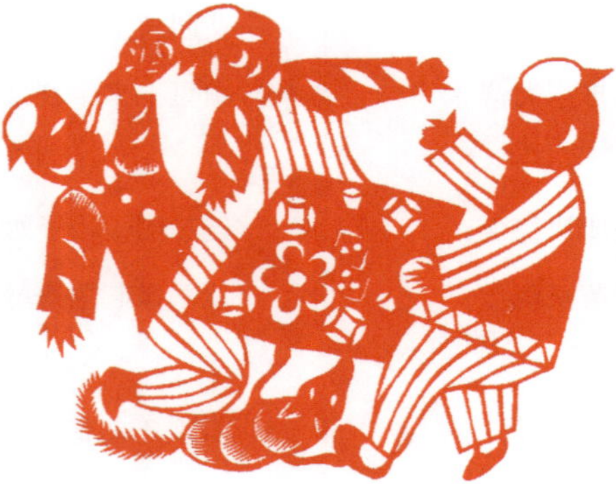

幸亏太阳落得早,
不然艾团长的脑袋就掉了。

六月里来日子长,
军队帮咱锄草忙。

马里头挑马一般子高,
当兵里挑人数你好。

白洋布包袱你背上,
你做工作我跟上。

你妈生你众人亲,
长头发剪成短缨缨。

金汤街来对面子台,
学校挂号看你来。

吃菜要吃白菜心,
寻汉要寻八路军。

绣花枕头不愿一个人枕,
一心要嫁个八路军。

头戴军帽身穿灰,
骑马背枪看妹妹。

骑白马来插茱萸,
马后捎妹妹到定边去。

嘴噙纸烟身背枪,
看我哥哥多排场。

红瓤子西瓜黑子多,
你去打仗莫忘我。

高腰袜子十眼鞋,
定边城挂号看我来。

穿青要穿一身青,
交朋友要交公家人。

长枪短枪马拐枪,
跟上哥哥走南梁。

一钱银子九两九,
丢不下爱人哭着走。

号声一响备起马,
我问哥哥走哪垯?

一把拉住哥哥的手,
不说下日子不叫你走。

白马备的蓝褥子,
上级的命令没日子。

叫一声妹子你不要怕,
炸弹丢在瞎沟岔。

响雷打闪一条线,
哥哥要走甘洛县。

背上挂包走下坡圪圿,
你把妹子的心撅下。

骡子叫唤马嘶声,
今黑夜红火你明起程。

我给你做一双十眼鞋,
工作闲了看我来。

上河里涨水下河里涌,
因为看你受批评。

叫一声妹子手放松,
上级命令要服从。

白马白鬃白银蹄,
情人开到晋察冀。

二寸相片不大大,
妹妹装进倒岔岔
（衣服上的口袋）。

三层层花儿来报春,
妹妹爱的是公家人。

酱色洋芋十五颗,
你调换工作想死我。

一棵白菜九条根,
八路军见咱百姓亲。

吃菜要吃白菜心,
当兵要当八路军。

头戴军帽身穿灰,
腰扎上皮带看妹妹。

对面沟里长流水,
横山里下来些游击队。

人不脱衣马不解鞍,
八路军吃苦在人前。

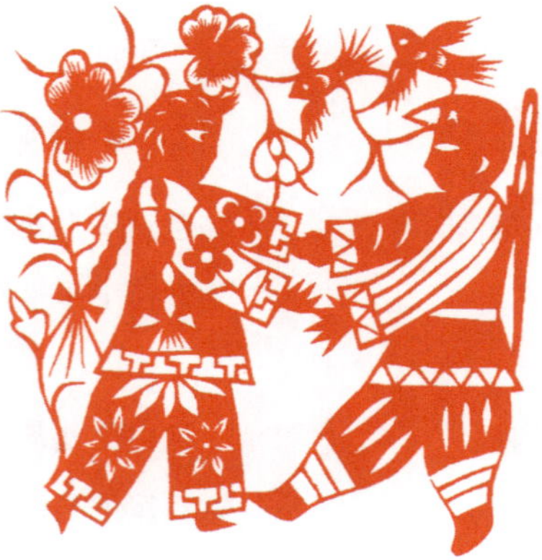

身挂盒子手打电(手电筒),
哥哥像个政治委员。

三十里平川二十里山,
一路上送公粮人不断。

翻身不怕拦路狗,
今日穷人有路走!

男当红军女宣传,
裤腿提在大腿弯。

先洗小手后和面,
送我哥哥上前线。

麻油点灯灯不明,
哥哥出发家里空。

红豆角角抽了筋,
情郎哥哥快打信。

信要长来信要勤,
免得妹妹总挂心。

男种地来女纺花,
耕一余三发大家。

半夜来了个纸条条,
趁亮把哥哥调走了。

妹妹穿的花衣裳,
哥哥穿的灰军装。

荞麦开花红粉粉,
咱自小爱的是公家人。

洗净手来和白面,
三哥哥吃了要上前线。

社会礼法没道理,
嫁女单只看彩礼。

不管女儿愿不愿,
老人合意话就算。

婚后两口子不和气,
你打我来我骂你。

自由结婚没毛病,
男耕女织乐盈盈。

洗了个手来和白面,
三哥哥吃了上前线。

任务摊在定边县,
三年二年不得见面。

定边城里开大会,
各县劳模都到齐。
专员、县长来敬酒,
看咱们英雄牛不牛?
十杆洋号城门站,
送我哥哥上延安。
县长陪他上延安,
坐上汽车一溜烟。
天天顿顿摆酒筵,
七碟子八碗吃不完。
开完大会送回程,
劳动英雄真有名。
一个猪来一个羊,
洋碱(肥皂)纸烟都装上。

响敲细打往出走,
团长亲自送我走。

见过的男人真不少,
刘天海区长他最好。
三天两头大路上过,
真想叫他上家里坐。

人家是区长工作忙,
哪有这些闲心肠。
管你忙来管你闲,
只要我好好纺线线。
纺线线选上个生产模范,
那时看你把我稀罕不稀罕?

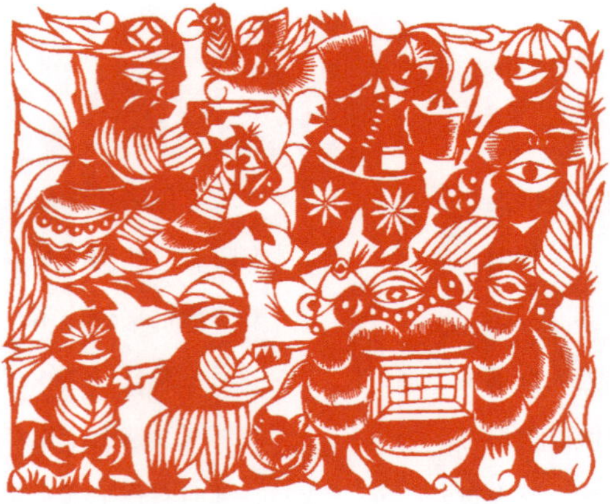

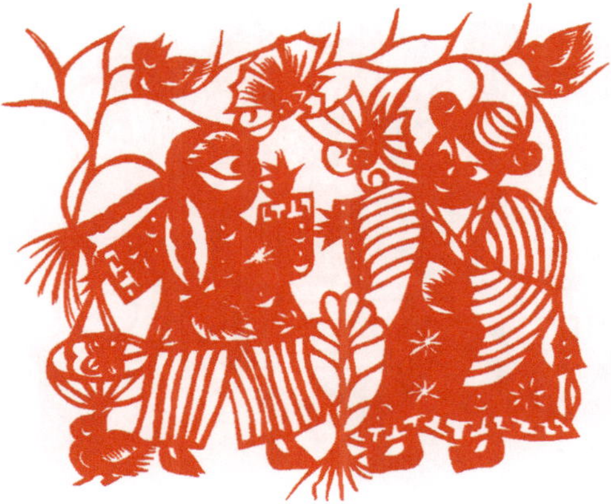

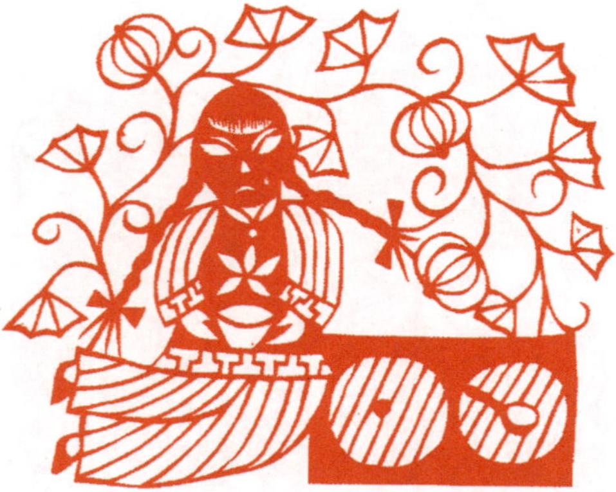

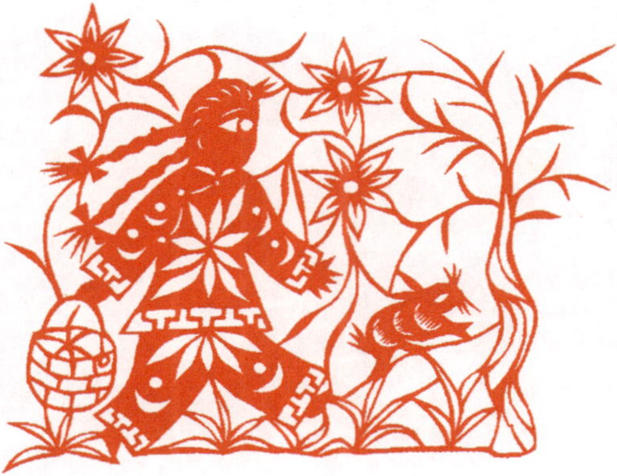

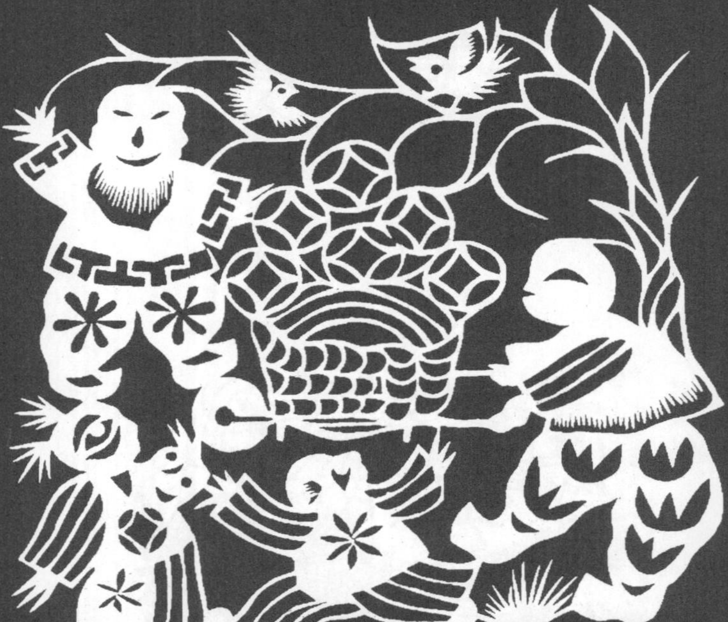

第五辑 向几位乡间民歌手学的民歌

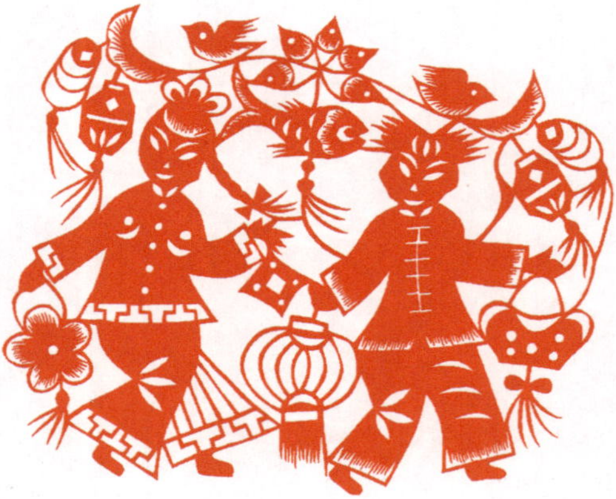

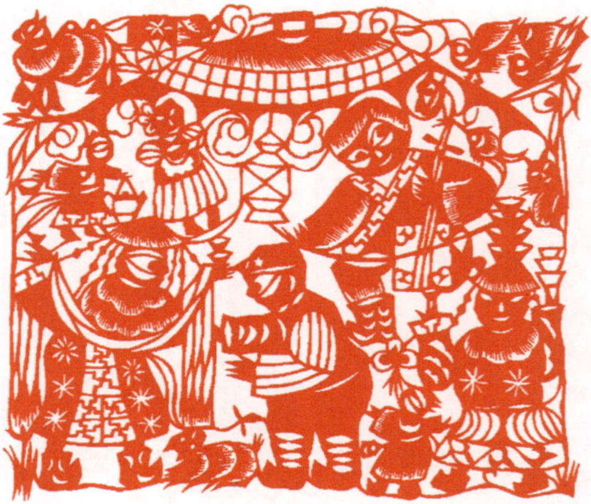

婆婆不叫看我的娘

张登贵 演唱

正月里忙真是一个忙,
来人待客忙得我就顾不上,
婆婆不叫看我的娘。
叫一声舅舅呀,
把话捎给我的娘,
就说女儿顾不上。

二月里忙还是一个忙,
淘粪送粪一身一身汗水淌,
没有心思去看我的娘。
叫一声舅舅呀,
把话话捎给我的娘,
叫她老放心不要想。

三月里忙实在是一个忙,
点豆豆种瓜瓜忙上又加忙,
婆婆不叫看我的娘。
叫一声舅舅呀,
把话话捎给我的娘,
就说女儿天天把她想。

四月里越发是一个忙,
提篓下籽熬得没力量,
没有时间去看我的娘。
叫一声舅舅呀,
把话话捎给我的娘,
就说女儿夜夜把她想。

五月里忙又是一个忙，
婆婆说地里杂草没锄光，
不叫看我的娘。
叫一声舅舅呀，
把话话捎给我的娘，
就说女儿老是把她记想。

六月里忙才真是个忙，
麦子熟得满山山黄，
打夏粮我顾不上。
叫一声舅舅呀，
把话话捎给我的娘，
我的婆婆她不是个人，
她不叫我去看我的娘。

七月里忙还是一个忙，
七月里针线没做光，
婆婆不叫看我的娘。
叫一声舅舅呀，
把话话捎给我的娘，
我的婆婆是活妖精，
她不叫我去看我的娘。

八月里忙上又加忙，
糜穗子黄来谷穗穗长，
秀女田间收割忙。
叫一声舅舅呀，
把话话捎给我的娘，
八月里我真是顾不上。

九月里来忙实在忙，
糜黄谷黄庄稼没上场，
婆婆不叫看我的娘。
叫一声舅舅呀，

把话话捎给我的娘,
白天黑夜老是把她想。

十月里忙又是一个忙,
十月里场禾没打光,
婆婆不叫看我的娘。
叫一声舅舅呀,
把话话捎给我的娘,
就说女儿流泪把她想。

十一月倒是不怎么忙,
推碾子碾磨都做光,
婆婆还是不叫看我的娘。
叫一声舅舅呀,
把话话捎给我的娘,
盼着腊月能见上。

十二月里来已不忙,
婆婆准许我看一回娘,
给我二斤白砂糖,
一路走呀走得忙,
两眼泪汪汪。
提着二斤白砂糖,
边走边把亲娘想。

上了硷畔见铺盖在墙头上放,
不由得我大叫一声娘,
一看孝子站两行,
女儿我没赶上,
孝子扑通通都跪下,
女儿我号得断肝肠!

张登贵（1916—1999）是靖边县席麻湾镇木瓜树圪村人。1937年随爷爷、父亲逃荒到延安，先在安塞干杂活，后专以赶脚谋生，一直走延安—靖边—定边这趟线。

他天生好嗓音，喜爱顺天游，赶牲灵时经常边走边唱。他唱顺天游的特点是：吐字清，情感深，韵味浓。1943年李季跟着他出延安到靖边。在与张登贵四天的相处中，张登贵走了一路唱了一路，走了四天唱了四天。李季第一次真切地听到了顺天游的演唱并从此爱上了顺天游——张登贵遂成为李季学习顺天游的第一位老师。

打镇靖城

杜芝栋 演唱

红缨杆子长,
人马闹嚷嚷,
走一回靖边提一回枪。

靖边包围定,
老刘(刘志丹)发前行,
造上个云梯上呀上了城。

上到城墙上,
队伍站两行,
格巴巴地打了一排子枪。

烟气冒空中,
炸弹不中用,

轻机关(枪)打开
　一呀一哇声。

打开了监牢门,
放出众乡亲,
劳苦群众都呀都欢迎。

老刘是军长,
炮打屈营长,
歇兵三天回呀回后方。

回了后方门,
点名补弟兄,
补起弟兄再呀嘛闹革命。

杜芝栋（1898—1986）出生在靖边县一个贫苦的农民家庭。少年时拜师学绳匠手艺。他没上过学，靠自己努力粗识文字。四里八乡打绳使杜芝栋见多识广。他从小酷爱乡村文艺，逢年过节庄里人耍狮子、舞龙灯、扭秧歌、演戏都少不了他。周扬曾请他去"鲁艺"给学员排戏，讲编演的体会。

1943年李季在靖边工作时与杜芝栋往来密切。杜芝栋是李季学习顺天游的引路人。1958年、1962年，李季两次回三边看望杜芝栋。

四季生产歌

张永贵

一

春季桃花开,
政府传令来,
发动呀生产,
大家喜在怀。

农民加紧干,
生产成英雄。
劳动扬的名,
人人都欢迎。

和风迎面吹,
花开蝴蝶飞,

麦苗绿绿的,
桑叶长得美。

生产计划好,
人人都欢笑,
耕一余三年,
一定要做到。

二

秋天菊花黄,
生产正是忙,
妇女提上筐,

急忙来采桑。

男人快锄田，
妇女来纺线，
生产的日子，
昼夜都不眠。

组织变工队，
成立识字班，
读报谈情形，
大家都高兴。

早起去锄草，
午间汗滴苗，
晚上回来了，
月儿在树梢。

三

秋天桂花香，
收割庄稼忙，
收割呀完毕，
快快上了场。

大家来变工，
生产搞得好，
团结成一心，
狠狠打日本。

新场如镜平，
人笑如雷动，
一夜的连枷，
响呀到天明。

打谷在场上,
颗颗似金黄。
身上虽辛苦,
心里却舒畅。

四

冬季梅花开,
夜校办起来,
努力学习呀,
好像老秀才。

组织自卫军,

个个加紧练,
武装整齐呀,
除奸打日本。

农民都支持,
公粮送得紧,
战士吃得饱,
抗日一条心。

雪花飘在空,
新衣穿在身,
一年辛苦了,
饱暖笑盈盈。

张永贵(1921—2008)是靖边县新伙场村人。作此歌时二十五岁。他念过小学,1949年以后曾任乡青年主任两年。1943年李季在靖边时,曾数次去新伙场村向张永贵学习民歌。

反对信巫神歌

冯明山

列位听分明,
再不要信巫神,
神官巫神都是假事情,
二郎公也不要信,
神神都不灵。

但等有了病,
赶紧请医生,
千万莫要把巫神请。
巫神请到你家中,
肮脏又败兴。

进门先吃烟,
赶紧快做饭,

吃饭喝茶还要吸鸦片,
吸了鸦片真费钱,
睡下他胡盘算。

盘算想说头,
再问病来由,
从头至尾记在心里头,
下阴跌坛把魂关,
赶紧准备全。

先要锄草刀,
又要包头布,
五谷草人还要新扫帚,
插香米斗是小事,

还要铺坛布。

夜晚吃罢饭,
香表放眼前,
拿起黄表又放剪刀剪,
旗旗号号剪一堆,
都插在当院。

事主把香点,
巫神把头包,
前后脑上扎了些纸穗穗,
叮叮当当把鼓摇,
词儿早预备好。

前院羊皮鼓,
后院三山刀,
东跳西奔满院胡毬闹,

哎呀一声拨拦倒,
神神才发现了。

睡在当院地,
又叫当家的,
你们重病相了(冲犯)
　屈死鬼,
将魂压在龙王庙,
叫魂先斩鸡。

将魂附身上,
又把药来施,
光棍汉肋肢[1]要上两三支,

1　光棍汉肋肢:指从柳条筐上取下的柳条。

寡妇舌头[1]要半斤,
还要毛头女子筋[2]。

又要无根草,
还要千里尘,
泰山前后把土寻,
三天门儿牢闭定,

莫叫外人进。

列位想一想,
全是假事情,
装死赖活尽是把钱哄,
看不了病还要把人骗,
再不要信巫仙。

---

1 寡妇舌头：指簸箕前面的木片。
2 毛头女子筋：指绑扫帚用的细麻绳。

冯明山（1900—1984）是靖边县新伙场村人。他会唱旧戏，会弹三弦说书，会编故事、小曲。1944年夏天，他编的三个段子受到了很大的欢迎，这篇即是其中之一。他当时四十多岁。

1943年李季在靖边工作时，由杜芝栋介绍，他多次去新伙场村听冯明山唱民歌。

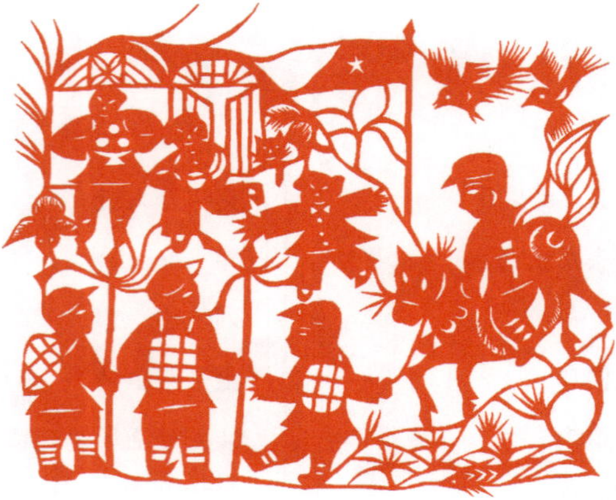

父子揽工(节选)

王有

自幼生来家里穷,
旧社会里苦受尽。

三十六岁妻丧命,
丢下父子两个人。

父子两人一个命,
一年四季揽长工。

又受热来又受冷,
山羊皮袄整一领。

一年没满钱使完,
冬夏衣裳不能换。

有了冬衣没夏衣,
有了夏衣没冬衣。

冬夏衣裳换不齐,
六月身穿山羊皮。

暑伏太阳实在晒,
头上没有草帽戴。

数九寒雪滩里站,
身上没有好衣穿。

手脚冻得一起疼,
想吃干粮冻成冰。

心想拔柴放火烤,
雪下的柴儿不着了。

把这受罪全不说,
羊羔下了七八个。

脚蹬沙子拿手捧,
把手冻成了冰棍棍。

肩头背来怀里抱,
大羊不见不来了。

前头顶来后头捞,

等到回家半晚了。

进到羊圈就递羔,
很怕递错不要了。

圈里递羔多半晚,
浑身冷得打战战。

脚手冻得一齐木,
进门脱鞋炕上焐。

…………

王有（1903—1979）是盐池县四墩子村人。王有很小就给人揽工。他虽识字很少，但作歌很多。他编的顺天游和民歌段子深受当地农民的喜爱。

1945年李季调到盐池县政府工作后与王有成了好朋友。他从王有的顺天游和民歌段子中受到了新的启发。1962年李季回三边，专程到盐池看望了老友。

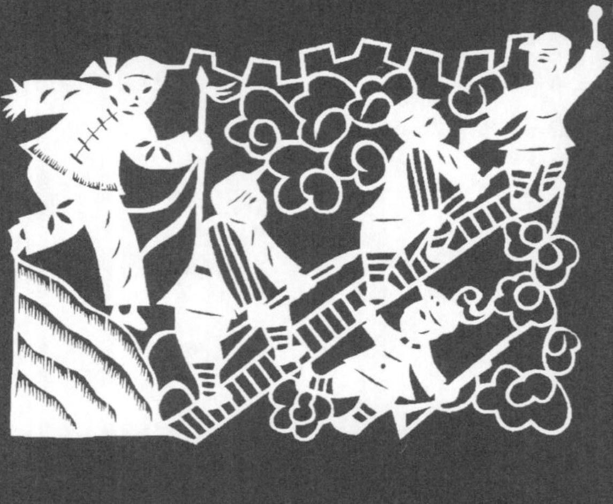

附 录

顺天游曲谱选

（一）

2 2	2 5	2 2 ⁀ ⁴²⁄	1	1 ‖
想你	想得	心花	乱	

2 5	2 1 2	6̣ 5̣	1̣ 6̣	5̣ 1̣ 6̣	5̇ ‖
怀抱	算盘	算	时	间哎	哟

（二）

1̇ 1̇	6 5	3̇⁄5̇ ·	6̇	3̇ 5̇	1̇ 6̇
慢慢	摸	来 慢	慢		揣

5	3̇	2̇ 3̇	5̇ 1̇ 2̇	3̇	6	1̇
		操	心	后炕	人	起

6̣ 5	— ‖
来	

(三)

2 2	4 6	1·	6 1	2 6	4 0
天旱	世乱	遭	年	成	

3 2 1 6 5 | 6 1 2 1 6 5 ‖
共产党 领导 咱 们闹 革 命

附记：顺天游唱法极多，如像歌词一样，想全部记录下来，是不可能。这里附录的三首，是在三边一带较为流行的三种。

后　记

自 1943 年 3 月从延安到靖边至 1948 年 1 月离开《三边报》，李季在三边工作生活了近五年。这期间，他将收集到的近四千首顺天游记在自己用粗糙的马莲纸订制的小本里。1947 年处于战争时期，某日转移，他害了重病，报社的辎重又多，他只得将数个记有千余首顺天游的小本寄存在老乡家。转移后，马鸿逵的部队很快到了那个村，将一大片民房——包括他寄存顺天游小本的那间民房一把火给烧了。

为了不使手中余下的民歌遗失，1950 年，他于十分仓促间将未细加整理的两千余首顺天游交"上海杂志公司"少量印行。七十年过去了，今天，《顺天游》（两千首）的本子已很难找到。

在编辑本书前，我们在旧箱底意外地发现了一些他所收集的顺天游，已经发黄了的小张纸页是他手写的，印有"李季收集"的大张纸页是油印的。这次出版的《顺天游》加入了新发现的这一小部分；同时，还加入了在陕北与他关系密切的几位三边农民歌手所唱的民歌。

在本书的编辑过程中，姚勤镇、华月秀、田捷、鲍登发、梁大新、李志国、缪新中、张平原、李红霞等同志以不同形式给予了帮助，在此致以深深的谢忱。

李江夏、李江树
2021 年 10 月

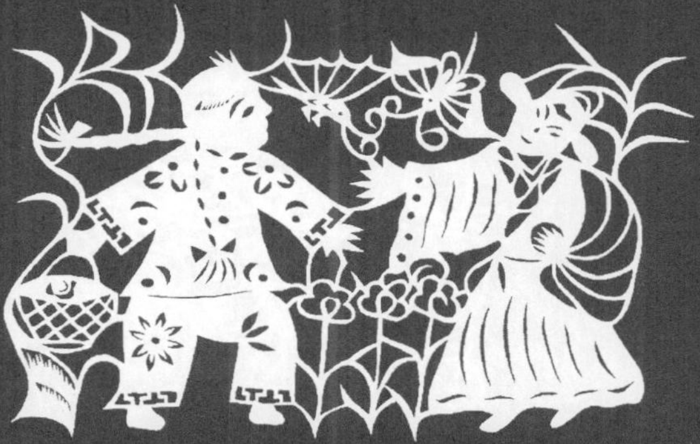

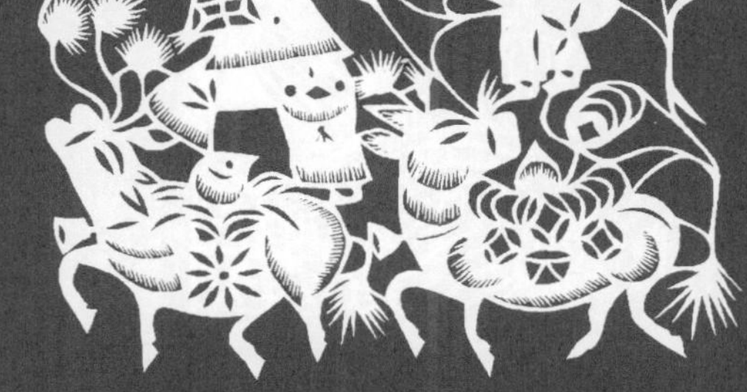

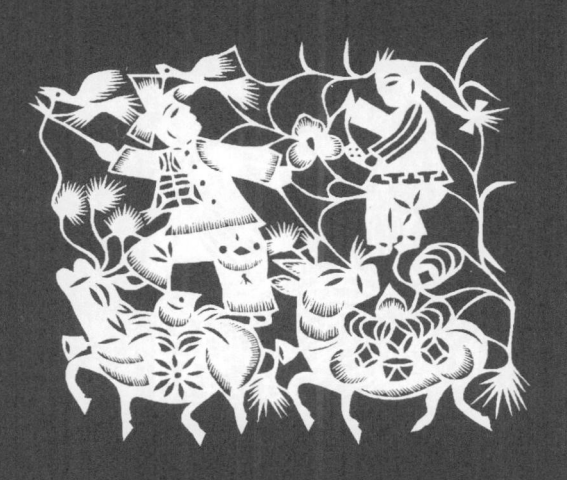

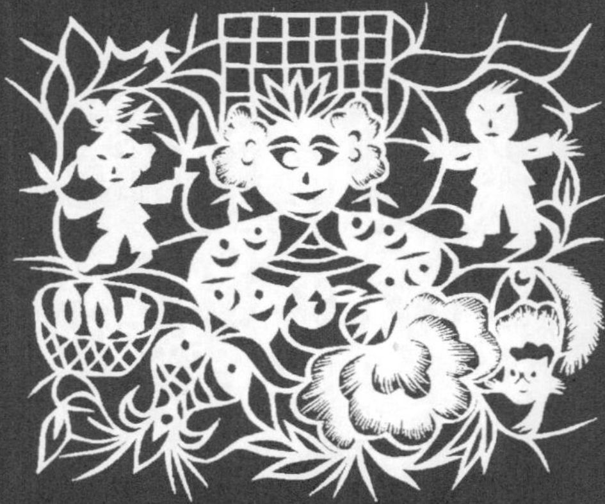

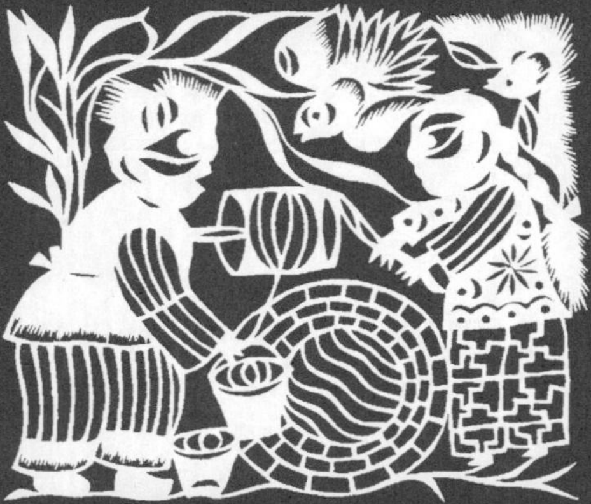

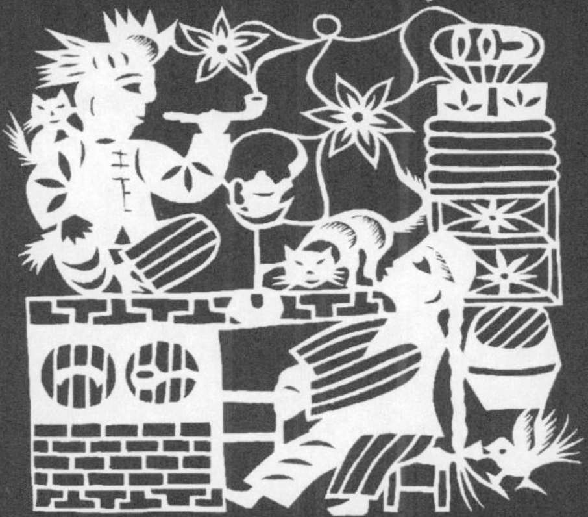

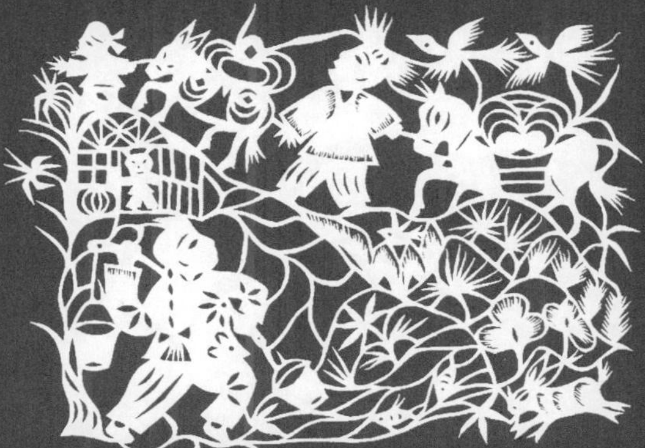

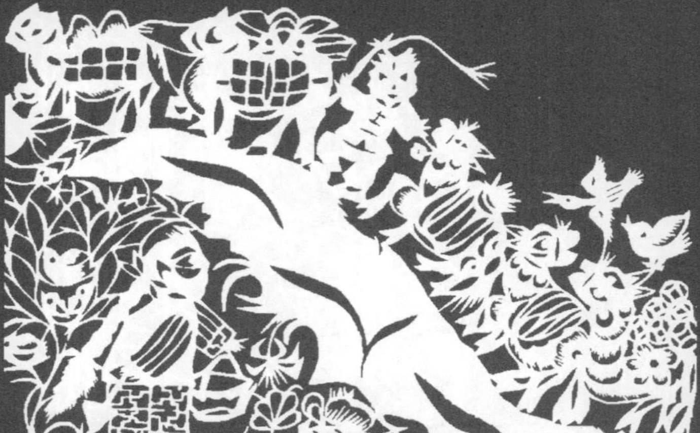

顺天游

SHUNTIANYOU

图书在版编目（CIP）数据

顺天游/李季整理.--桂林：广西师范大学出版社,2022.5

ISBN 978-7-5598-4665-5

Ⅰ.①顺… Ⅱ.①李… Ⅲ.①诗集－中国－当代 Ⅳ.①I227

中国版本图书馆 CIP 数据核字(2022)第 017640 号

广西师范大学出版社出版发行

广西桂林市五里店路9号　邮政编码：541004

网址：http://www.bbtpress.com

出版人：黄轩庄

全国新华书店经销

北京雅昌艺术印刷有限公司印刷

北京市顺义区高丽营镇金马园达盛路 3 号　邮政编码：101300

开本：787 mm × 1 092 mm　1/32

印张：12.125　字数：114千

2022年5月第1版　2022年5月第1次印刷

印数：0 001～6 000册　定价：92.00元

如发现印装质量问题，影响阅读，请与出版社发行部门联系调换。